Mélanie Lemaire

Le Cœur de Pierre

Roman

Ce livre a été publié sur www.bookelis.com

ISBN : 979-10-424-2156-4

Un petit mot de l'auteure…

À vous qui tenez mon livre entre vos mains, tout d'abord, merci. Ce roman – mon tout premier publié – a commencé sa vie littéraire en octobre 2014. À l'occasion de cette nouvelle édition, je me suis permis d'y apporter quelques petites modifications. Rien n'a été ajouté ni retranché par rapport à la version originelle, je vous rassure. J'ai simplement effectué quelques menues corrections d'ordre orthographiques et supprimé des répétitions qui demeuraient.

Enfin, j'ai réaménagé les chapitres autrement pour rendre cette histoire plus agréable à lire.

Vous pouvez donc découvrir – ou redécouvrir – *Le Cœur de Pierre* sans avoir à vous demander si quelque chose a pu être modifié dans l'intrigue.

J'espère que vous prendrez plaisir à lire ce texte et que vous passerez un agréable moment avec mes personnages.

Très bonne lecture !

À mes parents, qui ont encouragé avec bonté et discernement ma folle passion pour l'écriture.

Dimanche

Il était 8 heures.

Dans tous les jardins de Senlis, les fleurs, déjà pleinement épanouies, profitaient des premières lueurs du soleil. L'astre caressait de ses doux rayons matinaux les habitations de cette ville au grand passé historique. Les oiseaux chantaient à tue-tête dans le ciel et les arbres, leurs feuilles gorgées de chlorophylle, répandaient un si charmant parfum dans les rues et les jardins que c'en était enivrant.

En ce beau mois de juin, la douceur du printemps laisserait bientôt sa place à l'assurance de l'été.

La lumière du matin se posait petit à petit sur les maisons, les rues anciennes et les immeubles de quatre ou cinq étages qui s'y côtoyaient. Certaines demeures, au style ancien, faisaient rêver riverains ou simples touristes à chaque fois qu'ils passaient devant.

Cependant, celle qui attirait le plus de regards se trouvait avenue du Maréchal Foch, tout près de l'une des routes permettant d'entrer en centre-ville. Derrière un muret surplombé d'une grille en métal, on pouvait voir une grande maison de deux étages. Bâtie en pierres de carrière beiges, elle possédait un liseré de briques rouges juste au-dessous d'un toit en ardoises. Sur le côté gauche se trouvaient un petit escalier en pierres accompagné de sa rambarde en métal blanc dont la peinture s'écaillait élégamment. Les nombreuses fenêtres et portes étaient elles aussi peintes en blanc.

Enfin, sur le toit de la mansarde, à l'avant de la bâtisse, se trouvait perchée la statue d'une cigogne. Cette élégante sculpture regardait droit devant elle, dressée sur ses hautes pattes. Elle semblait si vraie que les gens ne pouvaient s'empêcher de s'interroger. Mais sa totale immobilité avait vite fait de répondre à la question muette des passants qui s'arrêtaient, attendant un signe qui ne venait jamais.

Et ce, été comme hiver.

Lorsque l'on passait la porte d'entrée, on pouvait découvrir un grand hall qui donnait d'un côté sur le salon, de l'autre sur une grande cuisine équipée. La demeure possédait également trois chambres, une immense salle à manger pouvant accueillir nombre de convives, un bureau et une salle d'eau. Enfin, la cave et le grenier couvraient toute la surface de la maison. On y trouvait bon nombre de placards, représentant les cachettes rêvées lors des parties de cache-cache tant appréciées des jeunes générations de tout temps.

Il aurait cependant été difficile à un enfant de se cacher dans l'un d'eux, aussi petit et fin soit-il. En effet, emplis de dizaines, voire de centaines d'objets tous moins importants les uns que les autres, ils n'abritaient plus aucune cachette. La plupart des choses qui se trouvaient là auraient dû être jetées depuis longtemps. Mais le propriétaire de cette magnifique demeure ne pouvait se résoudre à s'en débarrasser. Les objets cassés ou dépareillés finissaient immanquablement dans l'un des placards, attendant d'être réparés, donnés ou revendus. Mais il les rangeait et oubliait leur existence, comme s'il tentait d'oublier ses propres fêlures.

En ce dimanche, le fameux propriétaire de la maison se tenait déjà assis à son bureau à cette heure des plus matinales. Installé nonchalamment sur son siège, les doigts tapotant machinalement le grand secrétaire en bois, il regardait l'écran de son ordinateur.

Et c'était probablement la pièce dans laquelle il passait le plus de temps. Aussi, on pouvait y trouver une grande étagère vitrée dans laquelle reposaient ses livres préférés, ceux qu'il ressortait parfois afin de se replonger dans des histoires tour à tour fantastiques, effrayantes, drôles, émouvantes, toutes plus fascinantes les unes que les autres. Ainsi on pouvait voir côte à côte *Dracula* de Bram Stocker, *Les voyages de Gulliver* de Swift ou encore presque tous les *Voyages extraordinaires* de Jules Verne.

Son secrétaire portait également sans peine une pile de livres dans lesquels il planifiait de se plonger, mais qu'il n'avait pas encore pris le temps d'ouvrir. Il s'agissait pour la plupart de romans contemporains : thrillers, romans fantastiques, essais… Enfin, sous un dôme de verre, tout près de son ordinateur, reposait une vieille machine à écrire Hermès des années cinquante, couleur de grès avec un fin liseré rouge sur son pourtour.

Il se plaisait, de temps en temps, à soulever ce dôme pour poser ses doigts sur les touches rondes de la machine que son père et son grand-père avaient jadis utilisée. Il entendait alors le cliquetis fort agréable des caractères qui frappaient le ruban de carbone pour laisser la marque de leur lettre sur le papier. Puis le son aigu indiquant que la fin de la ligne arrivait et le grésillement de la barre que l'on ramenait au début de la feuille afin de passer à la ligne suivante…

Il lui arrivait d'écrire quelques phrases sur la vieille machine dont il avait hérité de son père à l'adolescence. Mais la plupart du temps, il utilisait cet objet tellement moins personnel, mais ô combien plus pratique qu'était son ordinateur.

Un grand meuble télé en bois reposait dans un coin, ses portes fermées sur le téléviseur qui ne servait guère plus. Le confortable fauteuil se trouvant en face n'avait accueilli personne depuis quelque temps et, s'il avait été doté d'une vie, il aurait sûrement essayé de se rappeler pour quelle raison il avait été conçu à l'origine…

Pierre Melet avait fêté ses quarante ans un mois plus tôt. Grand, athlétique, ses cheveux châtains laissaient apercevoir quelques fines mèches grises. Ses yeux verts aux coins desquels commençaient à se profiler de discrètes ridules se posèrent sur ses livres d'un air rêveur.

Depuis qu'il était enfant, il était amoureux de la littérature.

Pierre ne se souvenait pas de ce qui lui avait premièrement donné le goût de la lecture. Mais aujourd'hui, il n'aurait pu s'en passer pour rien au monde. Il aimait vivre toutes sortes d'aventures, rentrer dans la peau de personnages tellement différents les uns des autres et dans lesquels, parfois, il se reconnaissait un peu.

Cette passion l'habitait depuis des années et désormais, il vivait d'elle.

Comme les autres enfants, il avait dû écrire des rédactions au long de sa scolarité, prenant ce travail avec amusement ou avec ennui selon son humeur du moment et son inspiration pour le sujet imposé. Mais c'était à l'âge de treize ans que son amour de la lecture l'avait amené à celui de l'écriture. Il avait obtenu la meilleure note de sa classe à un devoir de français dans lequel il devait écrire une histoire de quatre pages :

Vous visitez le Musée du Louvre et vous vous retrouvez enfermé à l'intérieur à la fin de la journée. Vous êtes tout seul. Inventez la suite de l'histoire dans un style soutenu.

Pierre s'était senti incroyablement excité quand le professeur avait noté ces mots à la craie blanche sur le tableau noir. Aidée de tous les livres qu'il avait pu lire, son imagination lui avait permis de créer sa première histoire. Il avait alors reçu les félicitations de son enseignant, d'habitude avare en compliments. Il avait même cru voir un petit sourire courir sur ses lèvres lorsqu'il lui avait rendu sa copie en énonçant sa note, un brin de fierté perçant dans sa voix grave d'habitude remplie d'aigreur.

Aujourd'hui, même s'il était un romancier professionnel, il

avait la possibilité d'écrire d'abord pour son propre plaisir. Si les lecteurs aimaient ses livres, il en était heureux, mais il ne s'offusquait jamais du contraire. Ce qui lui importait, c'était de trouver les mots justes pour retranscrire ses émotions, ses pensées et ses rêves. C'était ainsi qu'il avait toujours écrit et ses lecteurs n'en étaient que plus satisfaits, comme il avait pu s'en rendre compte lors des séances de dédicaces organisées par son éditeur.

Cependant, depuis quelques années, l'auteur s'était renfermé sur lui-même. Le nombre habituel des rencontres avec ses lecteurs s'était drastiquement réduit et il ne se prêtait plus du tout à ces exercices. Pierre ne voulait plus aller au-devant des gens, préférant rester seul, tentant d'oublier en se noyant, non pas dans l'alcool, comme l'auraient fait de nombreuses personnes à sa place, mais dans la littérature. Il travaillait plus encore qu'avant, essayant de ne laisser à son esprit aucun répit pour penser à ce qui lui était arrivé.

Il voulait oublier.

Oublier quoi ?

Il se refusait à y penser, espérant que cela deviendrait plus facile.

Mais aujourd'hui, alors qu'il fixait d'un regard vide le petit pointeur de son ordinateur, apparaissant et disparaissant régulièrement sur la page numérique blanche, il ne put empêcher son esprit de voir une très belle femme d'une trentaine d'années entrer dans le bureau et s'asseoir sur le coin du secrétaire en souriant, une longue chevelure châtain ondulée dansant dans son dos, ses yeux d'un bleu rieur.

Lui-même sourit légèrement avant de secouer la tête et de fermer les yeux pour chasser cette image, réminiscence d'un passé perdu à jamais. Il retint ses larmes, tentant à nouveau de se concentrer.

Mais se concentrer sur quoi ?

Il n'avait aucune idée.

Il avait pu continuer d'écrire pendant quelques mois après ce qui lui était arrivé. Mais depuis, son esprit était devenu totalement stérile. Il ne savait pas quoi raconter et restait assis devant son ordinateur des heures durant. Puis, il l'éteignait sans avoir tapé le moindre mot sur son clavier. Il allait alors s'asseoir dans l'un des gros fauteuils de sa bibliothèque, contemplant les centaines de livres qui se trouvaient là.

La pièce était meublée de deux petits divans, d'une grande table de bois en chêne sculpté entourée de six chaises et d'une cheminée. Dans cette ambiance calme et feutrée qui lui plaisait tant, Pierre finissait par s'endormir, son esprit ne rêvant pas, refusant de lui donner la moindre idée de roman, même inconsciemment.

Il était pourtant heureux cinq ans plus tôt…

Non, il ne devait plus y penser.

Ça ne le mènerait à rien. Il devait oublier, comme si cela n'était jamais arrivé. Faire table rase et recommencer sa vie. Mais il n'y arrivait pas. Il ne cessait de se demander ce qu'il avait pu faire pour mériter un tel traitement de la part des Forces qui gouvernaient peut-être ce monde.

Le soir, Pierre se couchait vers 23 heures, après avoir lu. Il restait plusieurs minutes à regarder le plafond sombre de sa chambre, tentant de vider son esprit de toutes les pensées qui voulaient l'assaillir à ce moment de la nuit où la solitude lui pesait plus encore.

Enfin, il tombait dans un profond sommeil sans rêve.

Ainsi se déroulaient les journées et les nuits depuis un peu plus de quatre ans et demi, depuis qu'il avait publié son dernier roman… Inlassablement, Pierre refaisait chaque jour les mêmes gestes, les mêmes trajets, de manière presque automatique. Pierre ne rompait ce morne quotidien que pour aller faire ses courses en milieu de semaine, lorsqu'il y avait le moins de monde possible dans le supermarché se trouvant à quelques minutes en voiture.

Il avait perdu contact avec nombre de ses amis. Il n'avait pas cherché à les revoir ou à les contacter. Et, probablement fatigués d'attendre un signe de bonne volonté de sa part lorsqu'ils lui rendaient visite ou téléphonaient dans les premiers mois, ils s'étaient éloignés à leur tour.

Seul Roman, son éditeur, continuait de lui téléphoner, une fois par mois… Il prenait des nouvelles, puis la même question revenait, indubitablement, inlassablement : avait-il une idée pour un nouveau roman ? Pierre répondait toujours par la négative et l'appel, qui ne durait que quelques minutes, se finissait par ses encouragements qui lui assuraient qu'il avait le temps… Qu'il n'avait pas à s'inquiéter et que son inspiration reviendrait d'un coup… Qu'il était là s'il avait besoin de parler de quelque chose…

Mais Pierre ne parlait pas.

Et l'inspiration ne venait pas davantage.

Rien ne changeait…

Lundi

1

Pierre se leva aux alentours de 7 heures, comme à son habitude, alors que sa journée semblait s'annoncer comme les précédentes. Pourtant, il se sentit étrange, comme si quelque chose était sur le point de se produire. Il ne savait pas ce dont il s'agissait.

Il n'avait fait aucun rêve au cours de la nuit. Mais quelque chose semblait différent sans qu'il parvienne à savoir quoi, comme si une voix qu'il connaissait lui avait murmuré dans son sommeil qu'on allait venir bousculer son quotidien. Mais il ne se rappelait pas cette voix… Tout cela ne restait qu'une impression…

Décidant de ne pas davantage se torturer l'esprit, il quitta son lit et se trouva plus léger que les jours précédents.

Que lui arrivait-il ?

Il ne le savait pas.

Comme d'habitude, Pierre prit son petit-déjeuner, une rapide douche et s'habilla.

Cependant, tout au long de l'heure qui venait de se passer comme les autres matins, Pierre ne put empêcher une étrange sensation de l'envahir… Un pressentiment qui montait… Un murmure qui tente de vous atteindre sans que vous puissiez le comprendre… Quelque chose de bien différent allait se produire ce jour-là… Il le savait… Comment ? Il était incapable de le dire… C'était une simple certitude…

Pierre n'attendait la visite de personne… Il n'avait rien de spécial à faire… Pas de nouvelle idée de roman…

Cette dernière pensée fit remonter la morosité latente de ce début de matinée.

Il soupira, se dirigeant vers la sortie qui menait au jardin. Il avait envie de s'asseoir un instant dehors et de regarder les roses offrir leurs pétales satinés au soleil et leur pollen aux abeilles.

Il ouvrit la porte et regarda un instant au-dessus de la rambarde émaillée, sans vraiment voir ce qu'il y avait autour de lui. Les odeurs de la nature lui parvinrent rapidement. Herbe légèrement mouillée par la rosée, fleurs, arbres aux feuilles pleines de chlorophylle… Des odeurs merveilleuses et naturelles…

Pierre se tourna vers les marches pour rejoindre le jardin.

Mais, lorsqu'il voulut descendre l'escalier, il s'arrêta net, se demandant s'il ne rêvait pas.

Sur les degrés de béton, recroquevillé en chien de fusil, un petit garçon aux cheveux noirs était allongé, endormi. Vêtu d'un gilet gris à capuche, d'un jean et d'une paire de tennis blanches, sa tête reposait sur un petit sac à dos rouge. Pierre s'agenouilla pour vérifier qu'il était réel et vivant. L'enfant respirait doucement, tétant deux de ses doigts.

Une légère pointe d'irritation s'immisça en lui face à la présence impromptue de ce jeune intrus qui rompait les habitudes de son morne quotidien. Pierre le prit délicatement dans ses bras, récupérant par la même occasion le sac à dos, et l'emmena jusque dans la bibliothèque. Il allongea le garçonnet sur l'un des divans et l'observa quelques secondes. La douceur de ce petit visage paisiblement endormi eut tôt fait de chasser l'agacement qui naissait.

Finalement, il s'éloigna avec le sac et chercha à l'intérieur un document ou un objet qui pourrait lui apprendre qui était cet enfant. Mais il n'y avait rien, si ce n'étaient les restes d'un frêle pique-nique : du papier d'aluminium froissé, une petite bouteille d'eau vide, un sachet de chips en boule, deux papiers de barres chocolatées ainsi qu'un emballage de compote à boire.

Pierre jeta un nouveau regard vers le petit garçon en sortant son portable afin d'appeler la police. Quelqu'un devait probablement le chercher.

Un enfant ne peut pas se promener ainsi seul dans les rues sans que quelqu'un ne soit à sa recherche...

Une voix décrocha au bout de quelques sonneries.

— *Commissariat de Senlis, j'écoute.*

— Bonjour. J'appelle pour vous signaler que je viens de trouver un petit garçon endormi devant chez moi. J'ignore qui il est...

— *L'avez-vous déjà vu auparavant ?*

— Non. Jamais. Qu'est-ce que je dois faire exactement ?

— *Je vais vous envoyer une équipe qui vous expliquera la procédure. Ils devront interroger l'enfant pour savoir d'où il vient et juger de la situation. Pourriez-vous m'indiquer votre adresse et votre numéro de téléphone ?*

Pierre donna ses coordonnées et son identité à l'agent de police qui en prit note à l'autre bout du téléphone.

— Quand est-ce que votre équipe arrivera ?

— *Probablement aux alentours de 9 heures, Monsieur Melet. En attendant, je vous demanderai de ne pas quitter votre domicile et de veiller à ce que l'enfant ne le quitte pas non plus, seul ou accompagné.*

— Très bien. Je vous remercie.

Le policier prit congé et Pierre raccrocha. Il alla s'asseoir sur un fauteuil qu'il plaça face au canapé, reposant le sac sur le sol, près du petit garçon, et attendit, regardant l'enfant. Il fut étonné de sentir l'agacement poindre de nouveau et se rendit compte que ce sentiment était tourné vers lui-même et son imagination.

Découvrir ce petit endormi sur le pas de sa porte n'avait rien déclenché en lui.

Aucune idée de roman.

Le vide total.

Pierre respira profondément, fermant un instant les yeux pour se détendre. Puis, il les rouvrit et les posa à nouveau sur l'enfant. Le garçonnet semblait dormir si profondément que, malgré sa curiosité naissante, Pierre ne put se résoudre à le réveiller. Son visage si calme était reposant et semblait parfaitement s'accorder avec la pièce elle-même. Un léger sourire étira les lèvres de l'écrivain. Ce petit lui rappelait…

Il secoua vivement la tête.

Il ne devait pas y penser. Cela ne lui ferait que du mal.

2

Quelques minutes supplémentaires défilèrent sur le cadran de la montre de Pierre. Les paupières du petit garçon tressautèrent légèrement, signe qu'il s'apprêtait à quitter les bras de Morphée. Comme tous les enfants au réveil, il cessa de sucer ses doigts pour frotter ses yeux qui devaient le gêner. Enfin, il ouvrit en grand les paupières et, en voyant cet homme qu'il ne connaissait pas l'observer, il s'assit rapidement sur le divan, regardant tout autour de lui, comme un animal apeuré.

Le beau regard bleu océan du jeune inconnu se troubla d'inquiétude et ses lèvres se mirent à trembler alors qu'il pâlissait à vue d'œil…

— Ne t'inquiète pas, petit, dit Pierre d'une voix douce en s'asseyant sur le canapé à distance raisonnable du garçon. Tu ne crains rien. Comment t'appelles-tu ?

— Thomas, répondit-il d'une voix fluette.

— Thomas. Dis-moi, quel âge as-tu ?

— J'ai cinq ans. Où est-ce que je suis ? Qu'est-ce que je fais ici ?

— Je t'ai trouvé endormi devant ma porte. Et comme j'ai eu peur que tu prennes froid dehors, je t'ai amené au chaud à l'intérieur. Tu te sens bien ?

— Oui.

— Tu as mal quelque part ?

— Non. Comment vous vous appelez ?

Pierre se morigéna intérieurement de ne pas s'être présenté. Cela aurait certainement pu l'aider à rassurer un peu plus Thomas.

— Je m'appelle Pierre. Dis-moi, Thomas, est-ce que tu as faim ? interrogea l'écrivain en se demandant quand l'enfant avait pu profiter de ce qui se trouvait dans son sac.

— Oui.

— Alors, suis-moi. Je vais te donner à manger en attendant que la police vienne te voir.

Pierre se leva et encouragea Thomas à le suivre. L'enfant l'accompagna docilement, se glissant doucement du canapé sur le sol, regardant autour de lui pour découvrir ce nouvel environnement. Sur le chemin, le romancier sentit de minuscules doigts se glisser dans les siens. Pris de court par cette preuve de confiance soudaine, il faillit arracher sa propre main à l'étreinte fragile. Il se ravisa rapidement, tentant de calmer son cœur qui s'était mis à battre la chamade à ce contact…

Arrivés dans la cuisine, Pierre fit asseoir Thomas sur une chaise et sortit un paquet de *Pim's* à la framboise. Il adorait ces gâteaux et il était certain qu'un enfant ne pourrait résister à leur douceur. Il se félicita d'avoir si bon goût en matière de sucreries lorsqu'il vit le petit garçon engloutir l'un des gâteaux avec rapidité.

— Tu peux tout manger, si tu veux, l'encouragea-t-il avec un léger sourire.

Thomas en prit un second et le dégusta. Pierre apporta un grand verre de lait et le posa devant l'enfant qui mangeait avec appétit. Il ne put retenir un sourire en voyant le garçonnet reprendre des couleurs.

Lorsque le paquet fut à moitié vide et que le lait eut disparu de son récipient, créant une fine moustache au-dessus des lèvres du petit garçon, Pierre lui tendit une serviette. Il avait hésité, mais finalement, sa curiosité avait pris le dessus.

— Bien. Et maintenant, si tu me disais ce que tu faisais devant ma porte de si bon matin ? demanda-t-il doucement.

Thomas baissa les yeux, se mordant la lèvre inférieure et jouant avec ses doigts, comme s'il était honteux de ce qu'il avait fait. Pierre ne put s'empêcher de le trouver attendrissant.

— Allons, tu peux me l'expliquer, dit-il avec douceur. Je ne vais pas te disputer, tu sais.

— Ils vont vraiment venir ? demanda Thomas d'une petite voix, levant légèrement les yeux vers Pierre.

— Qui ça ?

— Les policiers. Vous avez dit tout à l'heure qu'ils allaient venir me voir. C'est vrai ?

— Oui. Je les ai appelés pour leur dire que j'avais trouvé un petit garçon. Ils vont venir pour te poser des questions.

— C'est des vrais policiers ?

— Oui, ce sont de vrais policiers. Alors, tu ne veux toujours pas me dire pourquoi tu es ici ?

— Je cherche mes parents.

— Tu recherches tes parents ? répéta Pierre avec étonnement. Mais… D'où est-ce que tu viens ?

— Je sais pas.

— Est-ce que tu sais où peuvent être tes parents ? Où est-ce qu'ils habitent ?

— Non.

— Et tu connais au moins ton nom de famille ?

— Non.

Pierre se cala au fond de sa chaise et passa ses mains sur le bas de son visage avant de concentrer à nouveau son regard sur Thomas, dans un soupir.

Il ne savait pas quoi faire ou dire.

Thomas semblait complètement perdu, même s'il avait repris un peu d'assurance.

Cinq ans ! pensa-t-il. *On ne laisse pas un enfant de cinq ans seul sans surveillance, bon sang !*

Ses parents devaient être complètement irresponsables… Probablement des jeunes qui étaient devenus parents trop tôt ou par la force des choses… Lui, en revanche, ne pouvait pas laisser ce petit être comme cela. Il devait l'aider à ne pas penser à la peur qui menaçait certainement de l'envahir.

Il *sentit* alors ce qu'il devait faire, comme si une voix familière lui soufflait la solution à l'oreille.

— Est-ce que tu aimes dessiner, Thomas ?

— Oh, oui ! s'exclama-t-il avec un sourire béat.

— Bien ! Alors suis-moi, je dois avoir ce qu'il faut pour faire de superbes dessins.

Pierre et Thomas rejoignirent la bibliothèque et l'écrivain fit asseoir son invité à la grande table. Puis il se rendit jusqu'à l'un des placards. L'ouvrant prudemment, il chercha d'abord du regard la boîte à crayons de couleurs. Il la trouva, en équilibre précaire sur un tas d'autres objets. Pierre s'en saisit avec précautions pour ne rien faire tomber, ce qui se révéla une difficile et périlleuse entreprise. Lorsqu'il referma la porte, il ne put s'empêcher de souffler de soulagement. Il retourna à la bibliothèque aprè avoir fait un détour par son bureau pour y récupérer une ramette de feuilles blanches. Lorsqu'il posa le matériel près de lui, Thomas s'en empara vivement et commença à dessiner avec entrain.

Satisfait de constater que le garçonnet s'était plongé dans son activité, Pierre s'assit dans le fauteuil pour l'observer. Un léger sourire apparut sur ses lèvres en voyant la petite langue de Thomas à moitié sortie sur le côté de sa bouche, en signe d'extrême concentration.

Sans s'en apercevoir, Pierre glissa lentement dans le sommeil, porté par les grattements des crayons sur le papier, son si agréable à ses oreilles. Alors, il rêva…

3

Un petit garçon qui ressemblait beaucoup à Thomas dessinait, assis à la table de la bibliothèque. Cependant, ses yeux n'étaient pas bleus, mais marron. Et à côté de lui, une belle femme aux longs cheveux châtains ondulés riait aux bêtises qu'il pouvait dire. Puis, le garçon sauta de sa chaise, ses petits pieds claquant sur le sol alors qu'il courait vers lui, suivi par sa mère. Il sauta sur les genoux de Pierre.

— Montre-moi donc ce beau dessin, Zach, dit-il.

— Regarde ! dit fièrement l'enfant en montrant son dessin. C'est pour toi que je l'ai fait, papa !

Sur la feuille, on pouvait voir une représentation schématique, typique de cet âge, d'une femme, d'un homme et d'un petit garçon se tenant la main à côté d'une grande maison. On y voyait également un chien.

— Et ça ? demanda Pierre amusé. Qui est-ce ?

— C'est César ! C'est le chien que je veux pour mon anniversaire !

Pierre ne put se retenir de rire devant la demande à peine voilée de son fils. La femme, en riant également, s'assit sur l'accoudoir du fauteuil et caressa doucement la joue de son époux...

4

Pierre sursauta, se rendant compte qu'il s'était endormi et qu'une main fine le secouait. Il avait pourtant l'impression que ce dont il avait rêvé à l'instant venait de se produire. Une douce chaleur courait sur sa joue, comme si une main s'était vraiment posée sur sa peau pour lui offrir une tendre caresse.

L'écrivain sentit une larme perler au coin de son œil droit et l'essuya d'un rapide revers de sa manche. Posée sur son épaule, la minuscule main de Thomas le secouait gentiment. Il était tout sourire, une feuille de papier à la main.

— Pierre, regarde ! Je t'ai fait un dessin ! dit-il de sa voix fluette.

L'écrivain fut un peu amusé par le tutoiement que Thomas avait naturellement adopté. Celui-ci leva fièrement la feuille de ses deux mains et Pierre la prit doucement pour découvrir le dessin schématique d'une maison dans laquelle un homme et un petit garçon se trouvaient assis à une table. Sur celle-ci, on pouvait voir des gâteaux et un verre de lait.

— C'est très beau.

— C'est pour toi !

Pierre sentit une boule lui bloquer la gorge.

Ce n'était qu'un dessin, mais il se sentait incroyablement ému que cet enfant qu'il ne connaissait que depuis quelques minutes à peine veuille le lui offrir. Il ouvrit la bouche pour essayer de dire quelque chose malgré l'émotion, mais la sonnerie de l'entrée se fit entendre.

Quelque peu soulagé, Pierre regarda sa montre.

Il était 9 h 15.

— Reste ici, Thomas, dit-il en se levant. Je vais aller voir qui c'est, d'accord ? Tu peux continuer de dessiner en attendant, si tu veux.

— D'accord ! répondit-il avec un grand sourire.

Alors qu'il retournait s'asseoir, Pierre se dirigea d'un pas calme jusqu'à sa porte d'entrée. Il en profita pour reprendre contenance, tenant toujours dans sa main gauche le dessin que Thomas lui avait fait.

Il dépassa l'interphone et sortit pour aller jusqu'à la grille d'entrée, profitant de cet instant pour prendre l'air et ramener son esprit nostalgique au moment présent. Derrière le portillon, un homme et une femme, tous deux vêtus d'uniformes de police attendaient, leur véhicule garé sur le trottoir entre deux arbres aux feuilles bordeaux. Ils semblaient ne pas dépasser la trentaine.

— Monsieur Melet ? demanda l'homme.

— Oui, c'est moi.

— Bonjour. Agents Clarin et Pelletier, Police Municipale, nous sommes là pour le petit garçon que vous avez trouvé, dit-il en montrant son badge. Pouvons-nous entrer ?

Alors que sa coéquipière lui montrait également le sien, Pierre leur ouvrit et les invita à avancer d'un geste de la main.

— Je vous en prie, suivez-moi. Il est en train de dessiner dans la bibliothèque.

Les agents de police acquiescèrent tous les deux et suivirent l'écrivain jusque dans la maison.

C'est assez malin de leur part d'envoyer une femme, se dit-il. *Elle aura sûrement un peu plus de facilité à gagner la confiance du petit.*

Pierre était presque certain que grâce à leur air sympathique les policiers sauraient donner confiance à Thomas. Ils se ressemblaient énormément, bruns aux yeux bleus. Comme un frère et une sœur, ils avaient certains traits communs sur le visage…

Un frère et une sœur dans la police… Cela aurait été une bonne idée pour un roman…

Mais cela ne suffisait pas… Et rien d'autre ne venait…

Pierre se retint de soupirer. Il ne désespérait même plus de trouver une idée. Il avait dépassé ce stade. Ou peut-être était-il trop désespéré pour s'en rendre compte ?

— Thomas, dit Pierre en entrant dans la bibliothèque. Voilà les policiers. Ils sont venus te voir, comme je te l'ai dit.

— C'est vrai ? demanda Thomas en restant sur sa chaise, crayon levé au-dessus de sa feuille. Alors, vous êtes des vrais policiers ?

— Mais oui, dit la femme en s'approchant de lui avec un chaleureux sourire sur le visage. Qu'est-ce que tu dessines de beau, dis-moi ?

— Monsieur Melet, dit l'agent Clarin en sortant un carnet. Pourriez-vous me dire comment vous l'avez trouvé ?

— Je me suis levé vers 7 heures, comme d'habitude. Vers 8 heures, j'ai voulu me dégourdir les jambes dans mon jardin et en ouvrant la porte qui se trouve sur le côté, je l'ai découvert, endormi sur le petit escalier. Je l'ai ramené à l'intérieur et j'ai appelé le commissariat.

— Et vous n'aviez rien remarqué d'étrange, d'inhabituel hier soir avant de vous coucher ? Ou dans la nuit ? Des bruits particuliers ou de la lumière ?

— Non, rien du tout. Sans compter que j'ai le sommeil assez lourd… Ça a été une surprise totale.

— Bien… Vous avez parlé un peu avec lui, je suppose ? Il vous a dit quelque chose ? Avait-il quelque chose sur lui qui permettrait de savoir d'où il vient ?

— Il a un sac à dos avec lui, mais je l'ai fouillé et il n'y a aucun papier dedans, et pas d'objet pouvant donner une indication à l'intérieur… D'après ce qu'il dit il s'appelle Thomas. Il a cinq ans et il est à la recherche de ses parents.

— Il cherche ses parents ? s'étonna le policier.

— Oui… Mais apparemment, il ne connaît ni son nom de famille, ni l'endroit où il hab…

— PIERRE !

Le hurlement du garçon serra le cœur de Pierre. Thomas arriva comme un boulet de canon et s'accrocha de toutes ses forces à sa jambe gauche, fermant les yeux.

— Pierre, elle veut m'emmener ! gémit-il.

— Mais… Oui. Comme ça, ils pourront t'aider à retrouver tes parents, tenta-t-il de lui expliquer.

— Mais moi je veux pas partir avec eux ! dit-il en serrant encore plus fort sa jambe.

Pierre ne sut pas quoi répondre. L'agent Pelletier les avait rejoints et regardait son coéquipier. Tous deux semblaient déconcertés par la réaction de l'enfant.

— Vous êtes sûr que vous ne le connaissez pas ? demanda Clarin.

— Certain.

Pierre regarda un instant le petit Thomas. Il le serrait avec une force incroyable afin de ne pas être éloigné de celui qui l'avait recueilli. Le romancier sentit le dessin de Thomas dans sa main et tourna son regard vers les deux policiers.

— Combien de temps pensez-vous que cela prendra pour retrouver ses parents ?

— Étant donné son âge, je pense qu'ils ne doivent sûrement pas habiter loin d'ici. Nous allons vérifier les dossiers de disparition, surveiller les appels et contacter nos collègues des villes aux alentours pour leur communiquer une photo de l'enfant. Si jamais cela se révèle infructueux, nous effectuerons une recherche auprès des mairies des environs grâce aux extraits de naissances. Cela peut prendre plusieurs jours tout comme nous pouvons retrouver ses parents dans une heure.

— Et qu'est-ce qu'il va se passer pour lui, en attendant ?

— Nous allons le placer sous la garde d'une assistante sociale qui s'occupera de lui le temps de l'enquête.

Pierre sentit l'étreinte se resserrer. Il n'avait jamais pensé qu'un enfant de cet âge pouvait posséder une telle force. Il serrait tant sa jambe qu'il lui faisait presque mal.

— Je peux le garder ici, proposa-t-il sans vraiment réfléchir. Au moins, vous saurez où il est et vous n'aurez pas à perdre de temps à contacter une assistante sociale.

— Je pense que ça doit pouvoir se faire, acquiesça Clarin.

— Vous êtes certain que ça ne vous dérange pas ? demanda Pelletier.

— Eh bien apparemment il n'a pas très envie de partir, répondit Pierre en regardant Thomas toujours accroché à lui.

— Je vais demander confirmation au poste, dit Clarin.

Le jeune homme s'écarta afin de passer un appel. Pendant les quelques minutes suivantes, Thomas ne lâcha pas la jambe de Pierre. Celui-ci avait du mal à comprendre la réaction du petit garçon. Il ne savait pas vraiment comment réagir à cette indéniable preuve de confiance qui l'émouvait profondément.

La femme resta tout aussi silencieuse. Enfin, son collègue revint vers eux.

— Thomas peut rester ici, confirma-t-il. Une assistante sociale va tout de même venir pour s'assurer qu'il est dans un environnement sain, mais je ne pense pas que cela devrait poser trop de problèmes. Vous avez un numéro de portable, que je puisse vous joindre si vous deviez sortir de chez vous ?

— Oui, bien sûr.

Quelque peu soulagé, Pierre donna son numéro au policier qui en prit note dans son calepin.

— L'assistante devrait probablement vous rendre une petite visite cet après-midi. Nous vous tiendrons au courant des résultats des recherches dès que nous aurons trouvé quelque chose.

Pierre acquiesça silencieusement. Pelletier s'accroupit près de Thomas et lui caressa doucement les cheveux. Il tourna à demi le visage vers elle, l'autre moitié cachée dans la jambe de pantalon de Pierre.

— Ne t'en fais pas, Thomas. Nous allons retrouver tes parents très vite. D'accord ?

Thomas fit un léger signe de tête, toujours méfiant. La policière sortit un appareil photo numérique et cadra son visage. Puis, lâchant enfin prise, il retourna s'asseoir pour dessiner.

Pierre raccompagna les deux agents jusqu'à la sortie et retourna dans la bibliothèque.

Thomas dessinait à nouveau, mais il semblait le faire avec moins d'entrain.

5

Il était 20 h 30.

Thomas avait passé la journée à dessiner, sous le regard bienveillant de Pierre qui, pour une fois, n'avait pas allumé son ordinateur. Comme les policiers le lui avaient dit, une assistante sociale était passée plus tard dans l'après-midi. Elle avait fait le tour de la maison et lui avait posé des questions sur lui-même, son métier ou ses ressources afin de s'assurer qu'il était capable de veiller sur un enfant. Puis, elle avait interrogé Thomas et pu constater qu'il n'était guère inquiet de rester avec un inconnu.

La visite s'était bien terminée et elle avait laissé sa carte à Pierre au cas où il aurait eu des questions.

Étrangement, il avait été soulagé lorsqu'elle était partie en lui accordant sa confiance.

Pierre se sentait également beaucoup plus léger. Il se rendit alors compte que, depuis le départ des policiers, il n'avait pas pensé une seule fois au manque d'inspiration qui le perturbait tant. Ne pas forcer son imagination, laisser reposer son esprit lui avait fait beaucoup de bien. Peut-être était-ce ce qui lui avait manqué ces derniers temps. Un repos mental…

Pierre et Thomas venaient tout juste de terminer leur dîner. L'écrivain avait préparé pour son invité de délicieux steaks-frites, suivis d'une glace à la menthe et au chocolat surmontée de crème chantilly ainsi que de granulés en chocolat de toutes les couleurs. Lorsqu'il avait vu la glace se poser devant lui, le petit garçon avait vivement exprimé sa joie. Au grand plaisir de Pierre, l'enfant s'était régalé.

Il emmena le garçonnet dans la salle de bains et lui donna la brosse à dents qu'il lui avait prêtée après le déjeuner avant de lui faire couler un bain. Une fois qu'il fut certain que l'eau était à la bonne température, il laissa Thomas se déshabiller et entrer dans la baignoire où il commença à se mouiller tranquillement. Puis il joua un moment avec la mousse qu'avait fait naître le gel douche.

Pierre en profita pour aller dans sa chambre et chercha un vieux T-shirt dans sa commode. Il en trouva un d'une horrible couleur jaune soleil, mais assez large et doux afin de servir de pyjama à Thomas pour sa première nuit. Lorsqu'il revint dans la salle d'eau, ce dernier se frottait un peu les yeux, ses petits doigts pleins de mousse.

— Ça va, Thomas ? demanda Pierre.

— Ça pique…

— Attends… Fais-moi voir ça, dit-il en s'approchant avec un gant mouillé d'eau froide. Ouvre les yeux.

D'une main experte, il passa le gant sur les yeux de Thomas et bientôt, il n'y eut plus que la très légère rougeur des paupières pour rappeler les picotements désagréables dus à la mousse.

— Et voilà !

— Merci, Pierre !

— De rien. Tu t'es bien lavé partout ?

— Oui !

— Et la tête aussi ? demanda-t-il tout en haussant les sourcils devant les cheveux toujours secs.

Thomas répondit par une jolie grimace pour signifier qu'il n'appréciait pas de les mouiller. Pierre sourit, secouant la tête. Il prit un gobelet d'eau et entreprit de laver ses cheveux. Puis, il le shampouina, s'assurant de ne pas lui refaire tomber de la mousse dans les yeux. Enfin, il l'aida à sortir de la baignoire pour que Thomas ne glisse pas et le laissa s'essuyer et enfiler le T-shirt qu'il lui avait apporté.

Lorsqu'il vit le petit garçon quitter la salle de bains dans le grand vêtement qui ne laissait apparaître que ses chevilles et ses avant-bras, Pierre sourit avec douceur. Il semblait encore plus fragile dans cet habit incroyablement trop grand pour lui.

Thomas passa son poing fermé sur ses yeux et bâilla à s'en décrocher la mâchoire. Pierre eut envie de le prendre dans ses bras pour l'emmener se coucher, mais il s'en dissuada tout de suite, sans penser une seconde que le garçonnet qu'il accueillait chez lui puisse désirer une étreinte paternelle avant de se coucher.

— Allez, viens, je vais te montrer ta chambre.

— D'accord.

Thomas suivit Pierre, glissant de nouveau une main dans celle de l'adulte qui, cette fois, ne fut pas surpris.

6

Thomas était partagé entre deux sentiments. D'un côté, il souhaitait de tout cœur retrouver ses parents.

C'était d'ailleurs pour cela qu'il avait tout fait pour échapper à la surveillance de Monsieur Kimpote. Ce vieil homme emmenait régulièrement les enfants en promenades le week-end dans de belles villes à la demande de l'orphelinat. Ils visitaient alors de superbes endroits comme des musées ou des parcs.

Ce jour-là, il découvrait avec ses camarades une petite réserve, tout près d'une chapelle. L'endroit, plein de verdure, accueillait toutes sortes de canards et d'oiseaux. Ils avaient pu amener des morceaux de pain dur pour les nourrir. Comme il l'avait prévu avec son copain Jimmy, celui-ci avait détourné l'attention au cours de la promenade en faisant l'idiot et en se faisant pincer le mollet par une oie.

Thomas avait alors mis à exécution le plan qui grandissait en lui depuis plusieurs mois : partir à la recherche de ses parents. Profitant de l'inattention de leur accompagnateur et du fait que ses camarades ne le regardaient pas, il s'était éclipsé et était allé se cacher dans une partie qu'ils avaient déjà visitée.

Personne n'avait semblé remarquer sa soudaine absence. Thomas avait donc attendu plusieurs heures, puis était sorti. À son grand soulagement il n'avait pas recroisé les autres enfants, ni Monsieur Kimpote. La journée touchait presque à sa fin lorsqu'il avait passé les grilles du parc et la nuit commençait à tomber petit à petit. Alors que le ciel devenait sombre, il s'était arrêté devant la grille d'une grande maison dont le toit s'élevait, touchant presque la lune. Sur celui-ci, une belle et grande cigogne, comme dans les livres, regardait au loin, veillant à la tranquillité du jardin.

Alors qu'il admirait la demeure, Thomas avait entendu de terrifiants bruits qui – il le comprendrait plus tard – n'étaient que les cris et sifflements de deux chats hargneux se battant plus bas dans la rue.

Il avait alors aperçu, derrière la grille, une petite silhouette lui faisant signe de la rejoindre. Thomas s'était glissé à travers les barres de métal pour rejoindre l'enfant. Mais lorsqu'il était arrivé près de l'escalier, celui-ci avait disparu. Quelque peu déçu, mais certain d'être en sécurité pour la nuit, il s'était assis sur les marches. Affamé, il avait fini par manger la moitié de sandwich au salami et les deux barres de céréales qu'il avait gardées de côté et vidé sa bouteille d'eau. Puis, il avait posé son sac à dos sur les marches afin de s'allonger en s'en servant d'oreiller. Thomas s'était finalement endormi dans la nuit, décidé à repartir dès le lendemain matin à la recherche de ses parents.

Pourtant, maintenant qu'il se trouvait là, il souhaitait également rester avec Pierre. Ses parents accepteraient peut-être d'habiter ici avec lui. Sa conscience enfantine était attirée par cet homme. Le petit garçon se demandait sans cesse comment quelqu'un pouvait vivre seul dans une si grande maison. Mais malgré son jeune âge, Thomas avait rapidement compris qu'il n'en avait pas toujours été ainsi.

Il sentait que Pierre retenait sa gentillesse, alors que c'était ce dont il avait le plus besoin. Pourquoi ? Il ne le savait pas. Cependant, il l'avait entendu murmurer dans la bibliothèque, alors qu'il somnolait. Il semblait parler avec quelqu'un, mais en s'approchant, Thomas avait tout de suite compris qu'il ne s'adressait pas à lui. Et juste au moment où Thomas posait sa main sur l'épaule de l'adulte, il avait cru apercevoir une silhouette près du fauteuil. Pas celle du petit garçon de la veille, mais celle d'une femme.

Alors qu'il avait posé la main sur l'épaule de l'homme endormi, elle avait disparu, comme si elle n'avait jamais été là. Il n'y avait alors plus pensé car Pierre s'était réveillé en sursaut et, surtout, il tenait à lui montrer le dessin qu'il lui avait fait.

Inconsciemment, son jeune cœur avait pu percevoir ce que ceux des adultes n'étaient malheureusement plus capables de comprendre : une tristesse qu'il tentait de cacher et d'oublier. Thomas voulait aider Pierre à oublier ce qui lui faisait mal car il était sûr qu'il ne méritait pas d'être triste.

Après tout, si une cigogne vivait sur le toit d'une maison, la personne qui y habitait était sûrement quelqu'un de naturellement bon.

7

Pierre poussa une porte puis enclencha l'interrupteur pour avoir de la lumière. Thomas fut émerveillé par cette nouvelle vision. Il n'avait jamais eu une chambre aussi grande. Il avait déjà été étonné de la taille de la salle de bains, mais cette fois, cela dépassait ce qu'il aurait pu imaginer. Il y avait une immense armoire, une large commode et tout près de la fenêtre donnant sur un petit balcon, un fauteuil en osier.

L'écrivain défit le couvre-lit et le petit garçon s'y allongea sans demander son reste, se laissant docilement border. Cela faisait une éternité que la chambre d'amis n'avait pas servi.

— Voilà, dit-il. Tu es bien installé ?

— Oui.

— Si jamais tu as besoin de quelque chose cette nuit, ma chambre est à l'autre bout du couloir. C'est la dernière porte. D'accord ?

— D'accord.

— Allez, bonne nuit…

— Pierre.

— Oui ?

— Tu peux me raconter une histoire ?

— Une histoire ?

— Oui, acquiesça Thomas.

Pierre fut pris de court.

Pas une seule seconde il n'avait pensé que Thomas pourrait demander à écouter une histoire avant de s'endormir. Ses parents devaient sûrement avoir l'habitude de lui en raconter pour qu'il s'endorme…

— Eh bien… Qu'est-ce que tu veux comme histoire ?

— Une avec des chevaliers ! dit Thomas, accompagnant sa demande d'un grand sourire.

— Des chevaliers ? Je ne sais pas si je saurai… murmura Pierre, davantage pour lui-même qu'à l'intention de Thomas.

— S'il te plaît… supplia la petite voix.

Pierre soupira. Il lui était impossible de résister à une telle demande de la part d'un enfant.

— Très bien, concéda-t-il, plaçant le fauteuil en osier près du lit pour s'y asseoir. Je vais essayer.

Pierre se permit quelques secondes pour réfléchir au début de l'histoire et décida de se lancer.

— Il était une fois un petit garçon qui vivait…

— Comment il s'appelait ?

— Euh… Comment il s'appelait… Eh bien… Thomas ! Il s'appelait Thomas, comme toi. Et il te ressemblait beaucoup. Ce petit garçon vivait à la campagne, où il aidait chaque jour son papa à s'occuper des animaux et à planter les légumes et le blé. Mais il avait un rêve secret. Il voulait devenir le plus grand et le plus valeureux chevalier du royaume…

Petit à petit, Pierre développa les premières aventures du petit chevalier. Il avait craint de ne pas parvenir à raconter un récit qui se tienne et qui soit à la hauteur des espérances de Thomas. Il fut cependant surpris par la facilité avec laquelle les idées lui venaient au fur et à mesure.

Au bout d'une heure, Thomas avait finalement plongé au pays des rêves et Pierre s'adossa à son siège, le regardant. Il eut alors une étrange impression. Il se retourna et observa la pièce tout autour de lui. Son cœur s'était mis à battre lorsqu'il avait eu la drôle de sensation d'être observé. Il avait senti un regard peser sur lui, il en était certain. Un regard doux et plein d'affection…

Mais il n'y avait personne dans la chambre. Seulement lui et le petit garçon endormi.

Il était sûrement fatigué… Mais il n'avait pas sommeil et décida d'aller s'asseoir dans son bureau. Sur un bout de papier, Pierre griffonna rapidement les quelques péripéties qui étaient arrivées à son personnage et l'endroit où il s'était arrêté. Thomas voudrait sûrement entendre la suite le lendemain soir.

S'il était encore là le lendemain soir…

Pierre soupira dans le calme ambiant. Seuls les grillons entonnant leur entêtante symphonie et des hiboux, s'ajoutant au concerto naturel, troublaient la nuit paisible.

Il ouvrit l'un des tiroirs de son secrétaire et y prit le dessin de Thomas qu'il avait rangé un peu plus tôt dans la journée. Il n'avait pu oublier son rêve du matin, pourtant si court. Était-ce une simple coïncidence si, dans celui-ci, Zach lui avait fait le même genre de dessin que Thomas ?

Pierre glissa une main sur sa joue. Il avait également eu la fugace et troublante impression de ressentir la caresse d'une femme sur son visage… Mais il n'y avait personne…

Pourquoi ?

C'était la question qu'il ne cessait de se poser.

C'était injuste.

Pierre finit par sombrer dans le sommeil, une petite larme roulant silencieusement le long de sa joue pour disparaître au bas de sa mâchoire.

Comme si elle avait été tendrement essuyée par une main invisible…

Mardi

8

Pierre se réveilla au moment où l'aube paraissait. Il garda les yeux fermés quelques secondes, profitant de la douce sensation qui l'avait envahi. Il avait l'impression que quelqu'un se tenait là et l'enlaçait affectueusement. L'écrivain ouvrit légèrement les yeux pour constater qu'il n'y avait personne.

Pourtant, la sensation de chaleur persistait…

Il se rendit alors compte qu'il était toujours assis à son bureau.

Pierre se leva. Son dos courbaturé lui confirma qu'il avait dormi sur un fauteuil qui n'était guère prévu à cet effet. Pierre alla prendre des vêtements propres avant de se doucher. Il resta un moment sous l'eau chaude, détendant ses muscles raidis et faisant ainsi disparaître les tristes pensées qui menaçaient de l'envahir, comme à son habitude.

Il voulait oublier, mais n'y arrivait pas.

Il s'en sentait coupable.

Pourtant, penser à tout cela ne changerait pas le passé.

Lorsqu'il sortit de la salle de bains, Pierre passa silencieusement la tête à l'intérieur de la chambre où reposait Thomas.

Tout était silencieux.

Thomas dormait toujours, porté par la douce innocence de l'enfance, dans un monde rempli de rêves paisibles, peut-être peuplés de créatures fantastiques où tout pouvait devenir réalité. Pierre envia cette tendre insouciance qu'il avait lui-même perdue bien longtemps auparavant, lorsqu'il avait fini par entrer dans l'adolescence. Une insouciance que Thomas perdrait à son tour d'ici quelques années.

Mais pas trop tôt, espéra Pierre.

Il était tout juste 7 heures lorsque Pierre retourna s'asseoir dans son bureau, comme il le faisait tous les matins. Ses yeux accrochèrent le papier sur lequel il avait écrit à la hâte ce qu'il avait raconté à Thomas pour l'endormir la veille au soir.

Une idée germa dans son esprit alors qu'il posait les yeux sur le dessin que Thomas lui avait fait.

Il alluma son ordinateur et il lui sembla attendre une éternité avant que l'écran ne laisse apparaître une page vierge de tout caractère informatique. Il se mit alors à tapoter sur le clavier et ses mots apparurent tout aussi rapidement sur la page numérique.

Les Aventures du Petit Chevalier
Pierre Melet

Pierre tapa le texte sans s'interrompre. Toutes ses idées lui venaient avec une incroyable abondance, cependant il voulait d'abord développer les aventures qu'il avait contées la veille à son jeune invité.

Il eut l'impression que cela faisait des lustres qu'il n'avait pas eu autant d'inspiration pour l'une de ses histoires. Pierre n'avait pas écrit ainsi depuis bien longtemps, c'était certain ! La douce et familière sensation des touches s'enfonçant sous ses doigts l'envahit, le cliquetis de ces carrés en plastique dur résonnant merveilleusement à ses oreilles.

Il sentait son cœur battre la chamade au rythme des lignes qui apparaissaient devant lui. C'était comme s'il revivait d'un coup. Pour la première fois, il se rendait vraiment compte que l'écriture lui avait manqué.

C'était cela, sa vie.

Depuis toujours, il aimait écrire. Depuis toujours, il avait trouvé sans problème les mots à poser sur le papier.

La vue de Pierre se troubla et il sentit des larmes couler sur ses joues. Il s'arrêta un instant d'écrire. Il passa ses mains sur son visage et respira profondément pour tenter d'apaiser son émotion. Il se servit un grand verre d'eau, laissant ses larmes de soulagement couler jusqu'à ce qu'elles se tarissent d'elles-mêmes.

Pierre retourna alors s'asseoir, prenant une profonde inspiration. Puis, ses mains rejoignirent à nouveau le clavier.

Oui, il avait été désespéré de ne plus arriver à écrire. Tellement désespéré qu'il avait fini par ne plus voir ce désespoir qui le submergeait.

Ces derniers mois avaient été horribles, l'enfonçant davantage dans la douloureuse expérience de « la page blanche ». Après plusieurs années à ne faire qu'écrire, les idées avaient fini par manquer, l'empêchant ainsi de libérer son esprit des fantômes qui le tourmentaient. Plus une idée, plus le moindre mot écrit depuis quatre longues années. Seulement la douleur des souvenirs et de ne plus pouvoir écrire.

La vie de Pierre n'était devenue depuis qu'une succession de jours puis de nuits sans aucun intérêt. Il avait l'impression de n'être devenu qu'un zombie, un être ne faisant que le strict nécessaire pour une survie totalement inutile. Manger, se laver, dormir. C'était tout ce qu'était devenue sa vie.

Aujourd'hui, il se réveillait après un long sommeil. Il sentait ses doigts revivre et se dégourdir au fur et à mesure que les pages noircissaient devant lui sur l'écran de l'ordinateur. Une page… Deux pages… Quatre pages…

Pierre se rendit compte que ses lèvres s'étaient étirées en un large sourire. Il était de nouveau heureux. Il avait retrouvé l'inspiration. Ses muses étaient revenues.

Pierre revivait littéralement.

Il le sentait dans tout son corps, dans son esprit.

Tout son être était en état de frénésie imaginative.

Chaque geste de son jeune héros résonnait dans son corps. Lorsqu'il courait, Pierre courait avec lui. Lorsqu'il sautait, il se sentait ensuite retomber sur le sol pour poursuivre sa route ou échapper à ceux qui le poursuivaient. Il sentait la chaleur de la respiration de son cheval sur sa joue. La pluie coulait le long de son corps et le faisait frissonner. L'épée pesait dans sa main tandis qu'il la tenait pour la toute première fois. La peur des premiers combats faisait accélérer son rythme cardiaque.

Pierre *vivait* son personnage.

Il se souvenait avoir connu toutes ces merveilleuses sensations la première fois qu'il avait écrit une histoire qu'il avait inventée. Il les redécouvrait aujourd'hui avec une plus grande puissance encore et Pierre retrouvait le plaisir de créer à partir de rien. Pas seulement pour lui… Mais aussi pour le plaisir de quelqu'un d'autre. Pour une personne qui attendrait de connaître la suite de cette aventure.

Pierre s'était perdu.

Il se retrouvait enfin.

Il était revenu sur le bon chemin. L'homme écrivait pour le petit garçon paisiblement endormi dans la chambre d'amis.

Pierre sauvegarda régulièrement sa progression et, au bout d'une heure, la bouche et la gorge sèches, il alla chercher une bouteille d'eau. Il but à grandes gorgées au goulot de la bouteille tant il avait soif, puis se remit à écrire.

Il replongea rapidement dans cet univers qu'il n'avait pas vraiment quitté…

9

Lorsque Thomas se réveilla, la maison était silencieuse. Il avait merveilleusement bien dormi. Jamais il n'avait eu un lit aussi imposant et il se demandait comment serait sa chambre lorsqu'il aurait retrouvé ses parents.

Il avait aussi eu l'impression que quelqu'un avait veillé sur lui toute la nuit. Mais à son réveil, il était seul.

Un léger bruit au rez-de-chaussée troublait le calme de la maison, comme si on tapotait sur des morceaux de plastique. Thomas se leva en silence pour suivre ce son assez agréable à écouter. Il arriva enfin devant ce qui ressemblait à un bureau et s'arrêta sur le pas de la porte en découvrant Pierre, écrivant à l'ordinateur, un grand sourire aux lèvres, tendrement enlacé par une fine silhouette lumineuse et souriante.

Thomas se frotta un instant les yeux croyant rêver, probablement encore à moitié endormi.

Lorsqu'il regarda à nouveau vers Pierre, il constata que les rayons matinaux du soleil traversaient la baie vitrée juste derrière lui. Mais il était seul dans la pièce.

Oui, il avait sûrement rêvé.

10

Pierre aperçut Thomas à l'entrée de son bureau et lui sourit alors qu'il venait le rejoindre. Il enregistra le précieux écrit et coupa l'ordinateur. Ils descendirent à la cuisine pour prendre ensemble leur petit-déjeuner. Thomas entreprit de lui raconter son rêve, ce qui se révéla finalement assez long et laborieux, le temps pour le petit garçon de trouver ses mots et de se souvenir de ses aventures. Pierre ne put s'empêcher de sourire en constatant son imagination fertile.

— Il va falloir te trouver des vêtements, maintenant. On ne sait pas combien de temps tu vas rester ici, alors il te faudrait des affaires de rechange, dit Pierre lorsqu'ils eurent terminé.

— Tu as des vêtements à ma taille ? s'étonna Thomas.

— Je pense que oui. Dans le grenier, il y a toutes sortes de choses. Il y a aussi des vêtements d'enfant. Tu voudrais venir regarder avec moi ?

— Oui ! On y va tout de suite ?

— Ah ! Tu dois d'abord te laver les dents.

Thomas répondit d'une grimace.

— Tu préfères que de vilaines bébêtes viennent manger tes dents ?

— Ah non, alors ! s'insurgea le petit garçon.

— Alors, le mieux, c'est de leur faire la chasse en te lavant les dents.

Ils montèrent ensemble jusqu'à la salle d'eau, puis, Pierre emmena Thomas au grenier. L'enfant laissa échapper une exclamation de pure surprise en voyant l'immensité de la pièce. Elle était tellement grande que les quelques fenêtres s'y trouvant ne parvenaient pas à tout éclairer de la lumière du soleil, laissant ainsi certaines zones dans la pénombre. Pierre appuya sur un interrupteur et des lampes s'allumèrent, révélant ce qui se cachait dans les coins sombres.

11

— Tu peux fouiller un peu si tu veux, proposa Pierre. Mais fais attention où tu mets tes doigts. Il ne faudrait pas que tu te blesses. Je vais voir où se trouve la malle à vêtements.

Thomas acquiesça et avança lentement dans la pièce. Elle contenait une dizaine de grands coffres en bois recouverts de dorures, comme ceux des histoires de pirates. Il s'imagina un instant tel un aventurier découvrant un fabuleux trésor, protégé par un énorme dragon…

Une ombre étrange attira alors son attention. Thomas pensa dans un premier temps qu'il s'agissait d'un objet de grande taille, mais elle lui semblait se déplacer d'elle-même. Thomas la suivit silencieusement en direction d'une étagère et la perdit de vue. Déçu, il se retourna lentement pour se trouver face à un cadre photo poussiéreux.

Il le prit et enleva délicatement la couche de salissures de ses petits doigts…

12

Pierre fouilla quelques coffres avant de parvenir à trouver ce qu'il cherchait. La plupart étaient remplis de babioles qu'il avait rangées, des objets qui appartenaient au passé. Certains avaient plus de trente ans, d'autres dataient même de son adolescence ou d'années un peu plus récentes qui lui semblaient pourtant si éloignées.

Lorsque Pierre ouvrit enfin le coffre rempli de vêtements d'enfant, il s'arrêta un moment. Il prit l'un des pulls entre ses mains avec tendresse et le regarda quelques secondes. Tricoté à la main avec de la laine rouge, il avait appartenu au petit Zacharie. Il le revoyait, courant dans le jardin en plein mois de décembre, jetant nombre de boules de neige froides à une très belle femme et vers lui-même…

Son cœur se serra.

— Oh ! Comme elle est belle !

La voix étonnée de Thomas le ramena au présent. Pierre se retourna et vit qu'il tenait entre ses mains un petit cadre.

L'écrivain s'approcha lentement du garçon dont le regard brillait d'émerveillement et comprit rapidement ce qui l'avait ébloui. Sur la photo qui dormait derrière le verre, on pouvait voir une femme d'une grande beauté. Ses longs cheveux châtains ondulaient jusqu'au bas de ses reins. Ses fins yeux bleus rieurs brillaient de mille éclats. Et son sourire ouvrait la porte d'un monde de douceur et de gentillesse. Il la revoyait encore la toute première fois qu'il l'avait rencontrée…

13

Pierre avait vingt-cinq ans et elle en avait tout juste vingt. Son premier récit venait alors d'être publié par un éditeur : un roman d'aventures pour les jeunes adultes. Pierre avait été inquiet de la manière dont les gens allaient réagir.

Allaient-ils aimer ? Qu'allaient-ils lui demander pendant la séance de dédicaces ? Que devrait-il y répondre ? Et qu'est-ce qu'il devrait écrire sur les exemplaires ?

Son éditeur lui avait assuré qu'il aurait toutes les réponses à ses questions très rapidement et qu'il n'avait aucune raison de s'inquiéter. Tout se passerait bien. Il devait absolument se détendre. Les personnes qui se présentaient à ces événements étaient, en général, celles qui avaient aimé les livres qu'elles venaient de découvrir. Il y avait aussi des lecteurs qui souhaitaient que l'auteur leur donne envie de lire cet ouvrage qu'ils venaient lui acheter directement.

Elle se trouvait parmi la file des lecteurs attendant leur dédicace. Pierre ne l'avait pas remarquée jusqu'à ce qu'elle soit devant lui, concentré qu'il était sur les gens avec qui il discutait de son livre. Il avait croisé son regard et senti son rythme cardiaque accélérer devant son sourire timide. Il lui avait également souri et demandé son prénom. Sa voix lui avait tout de suite plu.

Ça avait été le coup de foudre.

Il avait alors écrit sa dédicace :

À Catherine, pour que la vie soit la plus belle aventure que vous ayez.

Pierre avait discrètement rajouté son numéro de téléphone tout en bas de la page… Catherine avait demandé si elle pouvait être prise en photographie auprès de lui. Il avait accepté avec plaisir et le lecteur suivant s'était plié de bonne grâce au jeu de l'entraide des amateurs de dédicaces.

Catherine l'avait ensuite remercié d'un chaleureux sourire, et s'était éloignée. En se rasseyant, il avait jeté un rapide coup d'œil vers cette inconnue qui lisait les quelques mots qu'il lui avait écrits.

Catherine s'était tournée vers lui et leurs regards s'étaient croisés. Ils s'étaient discrètement souri et elle était sortie de la boutique. Après cela, Pierre s'était sans cesse demandé ce qui lui avait pris de donner ainsi son numéro.

Deux jours plus tard, ils s'étaient revus pour déjeuner…

14

— On dirait un ange, murmura Thomas, sortant l'écrivain de sa rêverie.

— Oui, tu as raison… On dirait un ange.

— Qui c'est ?

— Eh bien… Elle s'appelait Catherine, répondit Pierre en s'accroupissant auprès de Thomas, sans quitter le portrait des yeux. C'était mon épouse.

— Elle est plus là ?

— Non.

— Pourquoi ?

— Elle…

Pierre sentit son cœur se serrer alors qu'il regardait la photo de celle qu'il avait aimée pendant des années. Il chercha un moyen délicat d'exposer au garçonnet ce qui lui était arrivé. Il n'avait que cinq ans après tout. Ce n'était pas chose aisée que de parler de cela à un enfant de cet âge, d'autant plus lorsque l'on n'avait jamais songé au moyen de l'expliquer.

Pourquoi fallait-il que l'innocence des plus jeunes aille de pair avec la curiosité ?

— Elle est avec les anges, maintenant. Et elle nous regarde de là-haut.

— Tu as des enfants ?

— J'en vais un, oui, avoua-t-il, ayant toutes les peines du monde à retenir les larmes qui le faisaient tant souffrir à force de vouloir couler. C'était un petit garçon de ton âge. Lui aussi est avec les anges aujourd'hui.

— Ils te manquent, tous les deux.

Pierre ne put s'y tromper. Thomas ne posait pas une question. Il avait compris ce qu'il ressentait.

— Oui... Oui, ils me manquent.

Terriblement, aurait pu rajouter Pierre. Mais sa gorge était trop serrée pour parler davantage.

— Tu sais, je pourrais devenir ton fils, si tu veux !

— Tu as des parents qui t'attendent quelque part, Thomas. Qu'est-ce qu'ils penseraient si tu leur disais que tu veux que je sois ton père désormais ? Ton papa serait jaloux, tu ne crois pas ? Et triste aussi.

— Mais ils seraient peut-être d'accord pour vivre ici, avec nous. Et comme ça, bah tu serais plus tout seul ! Et ça ferait comme si j'étais ton fils.

Pierre se leva et sourit un peu tristement. Il préférait changer de sujet. Celui-ci était trop douloureux pour lui.

— Allons, repose cette photo où tu l'as eue. J'ai trouvé le coffre à vêtements dont je t'ai parlé. Tu vas pouvoir choisir, il est plein à ras bords.

— Chouette ! s'exclama le petit garçon.

Thomas reposa soigneusement le fin cadre où il l'avait pris et suivit Pierre jusqu'au coffre qu'ils étaient venus rechercher. Il regarda très attentivement les différents habits, ne sachant lesquels choisir.

L'écrivain ne put s'empêcher de penser à la proposition de Thomas de demeurer vivre avec lui, pour lui tenir compagnie. Cet aveu d'amour l'avait profondément ému, mais Pierre ne devait surtout pas vivre dans de telles chimères.

Il ne devait pas s'attacher davantage au petit Thomas.

Ses parents l'attendaient.

Bientôt, les policiers les retrouveraient et ils viendraient le lui reprendre.

Après cela, Pierre ne reverrait probablement plus Thomas. S'il s'attachait trop à lui, il aurait le cœur brisé. Et cette fois, il serait difficile de recoller les morceaux, comme il était difficile de réparer un objet maintes fois brisé…

15

Après une demi-heure passée à regarder tous les vêtements afin de choisir ceux qui plaisaient le plus à Thomas, ils redescendirent avec un imposant chargement de tissus aux diverses couleurs. L'enfant était ravi, d'autant plus que Pierre lui avait promis qu'il pourrait les emporter avec lui à son départ. Cette proposition lui avait énormément coûté car les vêtements appartenaient autrefois à Zacharie. Mais à quoi bon les garder ? Il n'en avait pas besoin, ça ne les ferait pas revenir.

Et Thomas était si heureux…

Il alla se changer et reparut quelques minutes plus tard, vêtu d'un jean et d'un T-shirt noir sur lequel se trouvait dessinée la tête d'Albator, un personnage de manga. Un instant, Pierre crut revoir Zach. Il adorait ce vêtement, tout comme il adorait le dessin animé qui l'avait inspiré.

— Alors, dis-moi, qu'est-ce que tu veux faire en attendant qu'il soit l'heure de déjeuner ?

— Heu… Je sais pas, répondit-il en haussant les épaules.

— Tu veux dessiner ?

— Non, j'ai plus envie de dessiner. Tu as une télé ?

— Oui, dans mon bureau. Ah ! J'ai une idée. Est-ce que tu veux regarder *Albator* ?

— C'est quoi ?

— C'est un dessin animé, avec lui comme héros, répondit-il en désignant le T-shirt du doigt.

— Oui ! Je veux bien le regarder !

— Alors, allons-y !

Ils allèrent jusqu'au bureau et Pierre installa Thomas dans un gros fauteuil devant l'ancien meuble télé. Il ouvrit les deux portes en bois et alluma l'écran. Pierre ne regardait pas beaucoup la télévision ces derniers temps. D'habitude, il suivait le journal télévisé du soir. On y parlait de toutes les choses importantes qui se passaient dans le monde et qu'il pouvait être intéressant de connaître. Mais au fur et à mesure que le temps s'était écoulé, Pierre n'avait plus pris la peine de s'intéresser à l'extérieur.

Il sortit de sa collection de films le coffret DVD d'*Albator* et mit le premier dans le lecteur. Après quelques secondes, le générique de la série débuta.

Albator, Albator,
Du fond de la nuit d'or.
Albator, Albator,
De bâbord à tribord,
Tu veilles sur la galaxie,
Sur la liberté aussi.

Pierre s'assit devant l'ordinateur et l'alluma. En attendant qu'il démarre, il en profita pour observer Thomas se plonger dans son dessin animé. Il eut l'impression de revoir Zach. Lui aussi aimait s'asseoir dans le fauteuil du bureau de son père, à regarder un dessin animé pendant qu'il écrivait ses histoires.

Pierre secoua la tête pour revenir à l'instant présent et ouvrit le fichier sur lequel il avait commencé à écrire son petit roman. Inconsciemment, son imagination avait travaillé pendant qu'il était dans le grenier, lui donnant de nouvelles idées.

Il ne cessa de frapper le clavier que lorsqu'il fallut changer le DVD pour que l'impatient petit Thomas puisse voir la suite des aventures du corsaire à la joue balafrée et au cœur d'or.

Après le déjeuner, ils retournèrent passer l'après-midi dans le bureau où Thomas regarda la suite de la série animée pour laquelle il venait de se découvrir une véritable passion. Cette œuvre avait plus de vingt ans et plaisait toujours aux jeunes générations. Son créateur avait eu une véritable idée de génie. Pierre espérait que ses histoires auraient autant de succès un jour. Ce serait une magnifique récompense.

16

Pierre ne savait pas réellement depuis combien de temps il écrivait. Il en avait comme perdu toute notion. Ses doigts parcouraient avec rapidité et légèreté le clavier d'ordinateur. Les lettres, les mots et les phrases se succédaient devant ses yeux.

Il sentit soudain un regard se poser sur lui et aperçut, dans l'écran, le reflet de Zach…

Pierre se retourna rapidement sur son fauteuil, du côté où son fils décédé semblait se trouver… Thomas le regardait travailler en silence pour ne pas le déranger, sa curiosité faisant briller ses yeux. Un brin de déception envahit le cœur du romancier pendant quelques secondes…

— Dis, Pierre, qu'est-ce que tu fais ?

— J'écris, dit-il en se forçant à sourire légèrement.

— Tu écris quoi ?

— J'écris l'histoire que je t'ai racontée hier soir. Je suis en train de la développer, comme ça, si tu veux, je pourrai te raconter la suite ce soir.

— Chouette !

Pierre sourit, sans aucun effort cette fois, sincèrement heureux que le petit garçon aime son histoire. Il se rendit compte qu'il était passé en un instant de la tristesse à la joie et se demanda depuis quand son cœur était devenu aussi fluctuant…

— Dis, Pierre, tu fais quoi comme travail ?

— Écrire est mon travail. J'écris des livres et je les vends.

— Tu en as écrit beaucoup ?

— Quelques-uns, en effet. Si tu veux, je peux te les montrer. Ça te dit ?

Thomas acquiesça d'un vif signe de tête déterminé. Pierre se leva et ils se dirigèrent ensemble vers l'une des étagères vitrées. L'écrivain en ouvrit les portes et retira quelques livres. Il doutait que Thomas sache déjà lire – il n'avait que cinq ans après tout – mais ses parents avaient peut-être déjà commencé à lui apprendre…

Pierre déposa avec respect les ouvrages sur le bureau et se rassit. Soulevant le petit garçon qui l'avait suivi tout au long de son parcours dans la pièce, il le posa sur ses jambes avec un « waouh ! » exalté de Thomas.

— Voilà les livres que j'ai écrits.

Pierre prit le premier ouvrage de la pile. La couverture représentait une ancienne carte de navigation avec le tracé d'un voyage qui s'arrêtait quelque part dans l'océan.

— Voici le premier : *Voyage au cœur d'un monde oublié.*

— Il raconte quoi ?

— Ce sont des aventuriers qui se rendent dans le Triangle des Bermudes pour découvrir ce qui s'y cache.

— C'est quoi le Triangle des Bermudes ?

— Je vais te montrer.

Il cliqua sur la petite icône bleue donnant accès à internet et y rechercha une carte du monde, avec la zone en question indiquée. Quand il l'eut trouvée, il la montra à Thomas.

— Tu vois, nous vivons ici.

L'écrivain avait pointé le doigt sur la France, à peu près au niveau où se trouvait l'Oise, puis il le déplaça jusqu'à la côte est des États-Unis. Un petit triangle rouge y était dessiné pour visualiser cette zone mystérieuse.

— Et voilà, ici c'est le Triangle des Bermudes. En vrai, il n'y a rien qui indique son emplacement lorsqu'on y est, mais des scientifiques, des gens très intelligents, ont pu trouver où il était situé. Ils l'ont appelé le Triangle des Bermudes car il se trouve dans l'archipel qui porte ce nom.

— C'est quoi un archipel ?

— C'est un ensemble d'îles.

— Et c'est quoi alors, le Triangle des Bermudes ?

— C'est un endroit où de nombreux bateaux et avions ont disparu.

— Ils ont coulé ?

— Personne ne sait vraiment ce qui s'est passé. Lorsqu'un avion ou bien un bateau passe dans cette zone, il n'en ressort jamais. Personne n'en entend plus jamais parler.

— Et tes aventuriers, ils trouvent ce qui s'est passé ?

— Oui… Mais je ne t'en dirai pas plus. Il faudra que tu le lises quand tu seras plus grand.

— Alors, je demanderai à papa et à maman d'acheter tous tes livres ! Comme ça, je pourrai les lire plus tard ! Je suis sûr qu'ils sont aussi bien que l'histoire que tu m'as racontée hier soir !

Pierre ne put retenir un sourire en entendant les paroles de Thomas. C'était toujours un plaisir d'entendre les lecteurs lui dire combien ils pouvaient aimer ses livres. Mais c'était différent avec Thomas. Il ne savait pas pourquoi.

— Et tu as écrit quoi d'autre ?

— Il y a aussi celui-ci : *Contes oubliés et inventés*.

— Oh ! Je le connais celui-là !

— C'est vrai ? Et tu as aimé ?

— Oh oui ! C'était super ! Je savais pas que c'était toi qui l'avais écrit. Tu as écrit quoi d'autre ?

Ravi de l'enthousiasme du petit garçon, Pierre continua de lui montrer ses quelques ouvrages, lui expliquant rapidement de quoi ils parlaient, sans pour autant lui dévoiler l'intrigue. Il s'agissait pour la plupart de romans et de recueils de contes et nouvelles pour enfants ou adolescents. Il avait bien écrit une paire d'histoires un peu plus sombres et complexes, destinées à un public adulte, mais il préférait de loin écrire pour les plus jeunes.

Écrire des histoires joyeuses ou qui se terminaient bien et dans lesquelles les personnages vivaient d'incroyables aventures. Des aventures dont les enfants rêvaient. D'ailleurs, ses héros dépassaient assez rarement l'âge de quinze ans. Ces petits êtres n'étaient pas le moins du monde limités par la réalité ou bien, comme beaucoup d'adultes et d'adolescents, par des points de vue scientifiques ou dogmatiques trop étriqués. Il y avait dans la réalité enfantine tout un univers à explorer, avec ses recoins sombres mais également ses plages lumineuses.

Grâce à leur absence de limites imaginatives, Pierre aimait écrire pour eux. Et c'était ce qu'il faisait depuis des années, car ainsi, lui non plus n'était pas limité.

17

Lorsqu'ils eurent fait le tour des livres écrits par Pierre, celui-ci regarda l'heure. Puis il sourit légèrement en tournant le regard vers Thomas.

— Dis-moi, Thomas, tu as envie de goûter ?

— Oui !

— Bien ! Dans ce cas, on range les livres et on va à la cuisine. Tu me diras ce que tu veux manger. D'accord ?

— D'accord !

Thomas sauta en un bond des genoux de Pierre et l'aida à ranger les ouvrages à leurs places respectives avec un grand sérieux. Puis, ils se rendirent dans la cuisine en discutant. Le petit garçon compara en quelques mots les *Contes oubliés et inventés* de Pierre à un autre recueil pour enfants qu'il n'avait pas vraiment aimé.

Une fois dans la cuisine, la conversation se tourna vers un sujet bien différent.

— Alors, qu'est-ce que tu as envie de manger ?

Thomas réfléchit quelques secondes.

— Tu as de la brioche ?

Pierre acquiesça en voyant les yeux de l'enfant pétiller de gourmandise. Il ne put s'empêcher de sourire en rajoutant :

— Et j'ai aussi un grille-pain et du beurre.

— Ouais !

Pierre rit devant sa joie.

— Parfait ! Alors, c'est parti, préparons ce goûter. Tu veux m'aider un peu ?

Thomas acquiesça et le suivit aux quatre coins de la pièce. Il porta la brioche tranchée jusqu'à la table, ainsi qu'une bouteille de lait et une petite barquette de beurre qu'il ouvrit, tout sourire. Puis, Pierre prépara le grille-pain. Lorsque Thomas le rejoignit, Pierre mit ses mains sur ses hanches.

— Tout est prêt pour notre appétissant goûter. Tu n'as plus qu'à m'amener deux tranches de brioche, Thomas.

— Oui, chef ! s'exclama le garçon en faisant un semblant de salut militaire de la manière la plus sérieuse au monde.

Pierre sourit et le regarda marcher au pas cadencé jusqu'à la table avant de revenir avec les deux tranches de brioche. Il le souleva doucement de terre et l'assit sur le plan de travail, à distance raisonnable de l'appareil.

— Vas-y, mets les deux tranches dans le grille-pain.

— Comme ça ? demanda Thomas, plaçant la brioche dans l'ouverture.

— C'est parfait ! Maintenant, je suppose que tu connais le chiffre « trois » ?

— Oui ! Je sais même compter jusqu'à cent et je connais toutes les lettres de l'alphabet !

Pierre resta silencieux un instant, estomaqué.

Thomas n'avait que cinq ans, mais il avait visiblement un peu d'avance sur les enfants de son âge. L'écrivain se reprit et sourit. Ça ne l'étonnait pas venant de la part d'un enfant qui aimait autant les histoires. Il devait être impatient de pouvoir lire par lui-même tout ce qui le faisait rêver…

— C'est très bien. Dans ce cas, tu vas régler le grille-pain sur trois minutes. Regarde, tu vois cette petite roue ? Il faut la faire tourner pour que le chiffre trois arrive en haut. C'est très bien ! Maintenant, appuis sur cette petite touche.

Lorsque Thomas appuya à l'endroit indiqué du grille-pain, les tranches de brioche descendirent pour se mettre à hauteur des grilles chauffantes. Pierre et lui attendirent en silence que les trois minutes soient passées et enfin, les brioches remontèrent d'un bond et Thomas cria de joie.

— On va pouvoir manger !

— Oui, s'amusa Pierre. Mais avant, si nous en préparions deux autres ?

Thomas acquiesça, ses beaux yeux bleus brillant d'une intense gourmandise. Pierre saisit avec précautions les tranches chaudes et les déposa dans une assiette. Puis son jeune assistant en remit deux dans le grille-pain. Sans avoir nullement besoin de nouvelles explications, et sous le regard attentif de Pierre, il enclencha de nouveau l'appareil. L'adulte l'aida ensuite à descendre et ils s'installèrent à table.

Pierre beurra les deux tranches chaudes, le beurre fondant immédiatement sous l'œil gourmand de son invité. Et lorsque les deux autres sortirent à leur tour, il débrancha le grille-pain pour le laisser refroidir avant d'offrir le même sort à la deuxième partie de leur goûter.

Thomas se régala, sous l'œil satisfait de Pierre.

Une fois qu'ils eurent terminé, ils retournèrent dans le bureau. Thomas continua de regarder les aventures d'Albator et Pierre ralluma son ordinateur, sentant son impatience grandir au fil des secondes alors que de nombreuses idées jaillissaient dans son esprit…

18

Ce soir-là, après leur dîner et lorsque Thomas eut pris son bain, Pierre le mit au lit et le borda consciencieusement. Dès que le garçonnet fut confortablement installé dans les couvertures, il réclama une histoire.

Pierre sourit. Il avait attendu avec une impatience grandissante ce moment tout au long de la journée.

— Est-ce que tu veux que je continue l'histoire de ton petit chevalier, comme prévu ?

— Oh, oui ! s'exclama Thomas avec enthousiasme.

— Alors, c'est parti !

Pierre reprit là où il s'était arrêté la veille et conta les nouvelles aventures du jeune chevalier pendant près d'une heure avant que Thomas ne s'endorme.

L'écrivain resta un moment à contempler son innocent visage endormi. Il semblait si paisible, alors qu'il était dans un endroit qui lui était étranger, avec un homme qu'il connaissait à peine.

Un léger sourire se dessina sur les petites lèvres, signe que l'enfant faisait probablement un beau rêve.

Peut-être rêve-t-il des aventures du petit chevalier, se dit Pierre.

En regardant ce petit être si serein, Pierre eut pendant un instant envie de déposer sur son front un baiser, comme il le faisait avec Zach.

Mais il ne le fit pas et, se levant doucement, il s'apprêta à quitter la chambre. Il s'arrêta à quelques pas de la porte et observa la pièce derrière lui. Tout comme la veille, il avait eu la sensation d'être tendrement observé. Et tout comme la veille, il devait se rendre à l'évidence.

Il n'y avait personne d'autre dans la chambre.

Posant une dernière fois son regard sur Thomas, il quitta la pièce et retourna dans son bureau pour écrire.

Lorsque Pierre se coucha, aux alentours de minuit, un sourire étirait ses lèvres.

Mercredi

19

Ce matin-là, Pierre eut une idée qui, il en était presque certain, ferait extrêmement plaisir à Thomas. Puisqu'il était chez lui pour plusieurs jours en attendant que la police retrouve ses parents, ils pouvaient en profiter pour se rendre dans quelques endroits intéressants. Et vu la curiosité dont il faisait montre, Pierre était certain que Thomas aimait découvrir de nouvelles choses.

Mais par quoi commencer ? se demanda Pierre tout en observant les livres qui se trouvaient dans sa chambre.

Senlis et les villes environnantes étaient pleines d'endroits superbes à voir et à revoir. Qu'est-ce qui pouvait le plus intéresser un garçon de cinq ans ? Pierre s'assit sur son fauteuil et le retourna face à la vitre qui se trouvait derrière son bureau pour observer le ciel bleu en quête d'une idée. Il n'y avait aucun nuage et l'azur n'était troublé que par la traînée blanche laissée par un vol long-courrier…

L'idée s'imposa alors d'elle-même à l'esprit de l'écrivain.

Il prépara une petite sacoche dans laquelle il glissa ses papiers ainsi qu'un appareil photo. Cela faisait une éternité qu'il n'était pas allé se promener là-bas. Et qui sait ? Cela lui donnerait peut-être de nouvelles idées pour un futur roman.

Il fallait donc que Pierre soit en mesure d'immortaliser sa source d'inspiration.

20

Thomas se réveilla aux alentours de 9 heures.

Ils prirent tranquillement leur petit-déjeuner en discutant. Le garçon lui raconta à nouveau les rêves qui avaient peuplé sa nuit, rêves pour le moins intéressants que Pierre garda dans un coin de sa mémoire. Cela aussi pourrait s'avérer utile pour ses futurs romans.

Pierre s'aperçut avec plaisir que sa curiosité et ses réflexes d'écrivain s'étaient réveillés grâce à la présence de Thomas. Depuis qu'il était chez lui, il avait retrouvé l'inspiration et la joie d'écrire. Tout ce qu'il espérait désormais, c'était que son imagination et sa curiosité ne partiraient pas en même temps que l'enfant.

Pierre chassa cette idée de son esprit. Il était inutile de s'en inquiéter pour le moment. Si ses muses devaient de nouveau l'abandonner, il ne pourrait pas y faire grand-chose, il en était conscient. En revanche, il pouvait profiter de chaque moment passé avec Thomas.

Pierre s'accroupit devant l'enfant lorsque celui-ci ressortit de sa chambre, habillé.

— Est-ce que ça te ferait plaisir d'aller voir un musée sur les avions ?

— Ça existe ? s'étonna Thomas.

— Oui. Il y en a un, pas très loin d'ici. Tu pourras voir les premières inventions volantes et des avions parmi les plus récents. Alors, tu as envie d'y aller ?

— Ouais ! Quand est-ce qu'on y va ?

— On peut y aller maintenant, si tu veux.

— Chouette !

Pierre rit devant la joie manifeste de Thomas. Avec cet enthousiasme qu'ont les enfants sur le point de visiter un nouvel endroit, Thomas alla chercher sa veste et se chaussa. Pierre en profita pour dénicher un rehausseur dans l'un des placards. Il fut soulagé de le trouver rapidement.

Lorsqu'il l'eut entre les mains, il le regarda un instant.

Pierre l'avait acheté six mois après la disparition de Zach, sur un coup de tête. Certain que son fils pouvait réapparaître à tout moment, il l'avait laissé plusieurs mois dans sa nouvelle voiture avant que la dure réalité ne le frappe en plein cœur et que la douleur ne soit trop forte.

Épuisé par sa tristesse et se rendant finalement compte de sa sombre bêtise, Pierre l'avait rangé… ou plutôt caché, incapable de s'en débarrasser.

Et puis, comme beaucoup d'autres choses, il l'avait oublié.

Jusqu'à ce jour-là.

Finalement, bien qu'il ne puisse jamais revoir Zach, ce petit siège allait quand même servir.

— Je suis prêt, Pierre ! s'exclama Thomas en arrivant près de lui, tout sourire.

Pierre ferma la porte du placard en souriant également devant la joie manifeste de son invité.

— Alors, nous y allons !

Ils sortirent de la maison et rejoignirent la voiture, une *Laguna* qui lui avait tapé dans l'œil quatre mois plus tôt. Il était tombé amoureux de cette voiture lorsqu'il l'avait aperçue. Ça avait été son seul achat important après tout ce qui s'était passé dans sa vie.

Une fois son siège enfant installé et Thomas bien attaché,

Pierre démarra. La grille s'ouvrit puis se referma dès qu'il eut complètement passé le portail. Il vérifia que la voie était libre et prit la direction de l'autoroute en passant par la rue Notre Dame ainsi que par le quartier Bon Secours II afin d'éviter les problèmes de circulation au carrefour suivant.

21

Thomas regarda avec un peu d'amusement le chemin qu'il avait parcouru seul et de nuit quelques jours plus tôt pour arriver devant chez Pierre. À la lumière du soleil, il n'y voyait plus rien d'effrayant.

Il se réjouissait que l'écrivain l'emmène voir des avions. Il adorait ces appareils, ces gros oiseaux de métal qui pouvaient emmener des tas de gens n'importe où, dans le monde entier. Il rêvait de monter dans l'un d'eux et de s'envoler. Peut-être serait-ce possible au musée…

22

Pierre poursuivit son chemin, jetant au passage un rapide coup d'œil à l'école primaire qui s'y trouvait, juste à côté de l'école maternelle. Tout était calme en ce mercredi matin. La cour de récréation était déserte.

C'était si étrange de n'y voir aucun élève…

Pierre se concentra de nouveau pleinement sur la route et s'arrêta au feu tricolore devenu rouge. Lorsque celui-ci repassa au vert, il partit sur sa gauche puis roula jusqu'à l'entrée de l'autoroute. Il ouvrit sa fenêtre et s'arrêta devant le guichet, tendant une pièce.

— Bonjour, dit-il.

— Bonjour, Monsieur. Merci.

Le jeune homme prit la pièce et rendit la monnaie à Pierre avec un ticket.

— Voilà pour vous, Monsieur. Bonne journée.

— Merci, à vous aussi.

Pierre redémarra, fermant la fenêtre, et s'engagea dans une voie d'accélération. Lorsqu'il arriva sur l'autoroute, il regarda rapidement dans le rétroviseur intérieur pour voir un Thomas tout excité.

— Et c'est parti pour le musée de l'Air et de l'Espace !

— Il y a aussi des fusées ? s'étonna Thomas.

Pierre sourit devant sa rapidité d'analyse.

— En effet. Une petite partie du musée est consacrée à la conquête de l'espace. Ça t'intéresse aussi ?

— Oh oui alors ! dit Thomas en souriant.

Sans cesser de sourire, Pierre se concentra sur son trajet et le trafic routier. Bien qu'il n'y soit pas retourné depuis longtemps, il retrouva le trajet du Bourget plus facilement qu'il ne l'avait pensé. Et rapidement, il n'eut plus aucun doute sur la route à prendre.

En un peu moins d'une demi-heure, ils arrivèrent près de l'aéroport international du Bourget et du musée de l'Air et de l'Espace. L'écrivain fit le tour d'un petit rond-point pour se rendre au parking, prenant un ticket au passage, et gara la voiture.

— Ça y est ? On est arrivés ? demanda Thomas.

— Oui. On peut descendre, mais fais attention, surtout.

— Promis !

Pierre sortit rapidement de la voiture pour rejoindre le petit garçon qui mit aussitôt sa main dans la sienne. Ils avancèrent, le romancier prenant son appareil photo et commençant à mitrailler d'une main les avions exposés avant même l'entrée du musée.

— C'est des vrais avions ? demanda Thomas en voyant les trois chasseurs immobilisés en position de vol sur leurs piliers en fer.

— Oui, il s'agit bien de véritables avions, confirma Pierre. Ce sont ceux de la patrouille de France. Tu vas en voir beaucoup plus à l'intérieur.

Le sourire de Thomas s'agrandit alors qu'ils avançaient en direction de l'entrée, passant à côté d'une horloge métallique. Il n'y avait pas grand monde dans la file d'attente, seulement un couple de personnes âgées. Une fois qu'ils eurent leurs billets, Pierre et Thomas purent à leur tour accéder au guichet où une jeune femme les accueillit avec le sourire.

— Bonjour, dit Pierre. Je voudrais deux places. Une adulte et une enfant.

— Souhaitez-vous des billets simples ou ceux avec le supplément avion et hélicoptère ?

— Je prends les suppléments, confirma Pierre en regardant Thomas avec un sourire.

La guichetière lui annonça le prix des billets et Pierre tendit sa carte bleue que la femme lui rendit un instant plus tard avec les précieux sésames et un plan du musée.

— Voici vos billets, Monsieur. Bonne visite.

— Merci.

Thomas remit sa main dans celle de Pierre et ils se dirigèrent vers leur droite pour entrer dans le premier hall, celui qui présentait les débuts de l'aviation.

Dès qu'ils eurent passé les lourds battants antifeu, Thomas s'extasia devant tout ce qu'il pouvait voir. Les machines volantes étaient partout. Au sol, suspendues dans les airs… Les murs, eux, étaient cachés par de nombreuses vitrines remplies d'objets aux formes plus ou moins étranges.

23

C'était tout simplement incroyable.

Thomas sentit son excitation monter rapidement en même temps que son amusement. Une barque dotée d'ailes d'oiseau lui sauta aux yeux dès son entrée dans la première section du musée. Jamais il n'avait vu des avions aussi bizarres.

Pierre l'incita à le suivre sur la gauche pour lui montrer un énorme ballon bleu et doré.

— Qu'est-ce que c'est ? demanda Thomas.

— C'est une montgolfière, expliqua Pierre. Enfin, une reproduction plutôt. C'est un ballon dans lequel on fait chauffer de l'air pour monter dans le ciel.

— On peut voler dans un ballon comme celui-là ? s'étonna l'enfant en ouvrant grand les yeux de surprise.

— Oui. Tiens, regarde !

Thomas tourna vivement le regard vers l'objet et le vit se soulever au-dessus de l'estrade pour monter quelques mètres plus haut avant de finalement redescendre. L'enfant n'en revenait pas. C'était vraiment incroyable.

— Je pourrai monter dans un ballon comme ça, tu crois ?

— Je ne pense pas qu'il y en ait en activité ici. Mais, tu pourras monter dans de vrais avions, ajouta Pierre en voyant la déception pointer sur son visage.

— C'est vrai ?

— Oui.

— Youpi !

Pierre fut rassuré de voir l'enthousiasme de Thomas revenir. Ils poursuivirent la visite et passèrent devant trois grandes plaques en cuivre accrochées au mur, gravées de noms de pilotes. Il les lui montra et Thomas les observa avec curiosité.

— Tu vois les noms de tous ces gens inscrits ici ? Ce sont ceux des meilleurs pilotes de l'histoire. On les appelle les As de l'aviation.

— Il y en a beaucoup, fit remarquer Thomas.

— Effectivement. Ils sont considérés comme des héros. Tu sais, à leur époque, il était dangereux de voler dans un avion. On n'était jamais sûr de pouvoir revenir vivant. Mais maintenant, ils sont beaucoup plus perfectionnés et plus sûrs.

Les deux visiteurs traversèrent ensuite une galerie dans laquelle se trouvaient exposés d'anciens meubles et une grande variété d'objets qui relataient l'histoire de l'aviation. Thomas les regarda avec un mélange d'émerveillement et de curiosité. Il fut fortement amusé par les pendules qu'il découvrit et qui avaient parfois de drôles de formes.

Ils repassèrent devant le ballon qui s'était de nouveau envolé et poussèrent un peu plus loin dans le premier hall. Dans les longues vitrines qui les entouraient, ils purent admirer des statues de toutes tailles. Thomas s'arrêta devant l'une d'elles, représentant un homme ailé. Curieux, il la montra à Pierre et lui demanda de quoi il s'agissait.

— Ah, c'est Icare, lui expliqua-t-il.

— Qui c'est, Icare ?

— C'est le héros d'une vieille légende grecque. Icare était le fils d'un grand inventeur, mais ils avaient été tous les deux emprisonnés dans une très haute tour. Ils décidèrent un jour de s'enfuir et construisirent de grandes ailes avec des plumes d'oiseau et de la cire. Le père d'Icare le prévint alors qu'il ne devrait surtout pas monter trop haut, pour ne pas faire fondre la cire au soleil, car alors il risquerait de mourir. Ils passèrent par la fenêtre et s'envolèrent hors de leur prison. Cependant, Icare n'écouta pas les conseils avisés de son père et, grisé par les sensations que procuraient ses ailes, il monta toujours plus haut. Il monta si haut que la cire de ses ailes se mit à fondre et il tomba dans l'océan.

— Il aurait dû écouter son papa, dit Thomas.

— Il aurait dû, en effet.

— On peut vraiment voler avec des plumes et de la cire ?

— Non, ce n'est qu'une histoire. C'est d'ailleurs pour cela qu'on a créé les avions. Tiens, regarde.

Ils continuèrent de regarder les vitrines qui exposaient des modèles miniaturisés de toutes sortes de machines volantes et d'autres statuettes. Puis, ils se tournèrent de l'autre côté pour contempler une scène reproduite grâce à des figurines et des modèles réduits. On y voyait un homme assis dans une charrette tirée par un cheval en train de tracter son appareil volant en bord de mer. Cette reconstitution fascina le petit garçon.

Ils continuèrent leur parcours, les yeux rivés au plafond où étaient accrochés quelques-uns des premiers appareils en bois et tissus. Thomas montra à Pierre un des mannequins qui était accroché à la machine, au-dessus d'un cabanon.

— Ils volaient vraiment comme ça, avant ?

— Oui. Ce n'était pas très pratique, n'est-ce pas ?

— Non. Ils devaient être très fatigués après.

— C'est certain !

À leur droite, il y avait encore d'anciens appareils exposés derrière des vitres. Désormais, les aéronefs commençaient à être fabriqués en métal. Il y avait également de vieux trophées d'aviation en bronze non loin d'une plaque commémorative, hommage à l'aviateur Roland Garros, qui avait plus tard donné son nom au fameux court de tennis.

24

Lorsqu'ils eurent fini d'admirer les vitrines, Pierre proposa à Thomas d'entrer dans le cabanon pour voir ce qu'il y avait à l'intérieur. Ils ne furent pas déçus. Ils y trouvèrent le matériel des frères Voisin, deux ingénieurs lyonnais qui s'intéressèrent très rapidement aux engins volants et construisirent un atelier de mécanique pour les avions au début du XXe siècle.

À l'intérieur se trouvaient de faux livres parlants qui, lorsqu'on tournait leurs pages, expliquaient des événements liés à leur vie et à leur travail.

Une fois revenus dans la section principale du bâtiment, il fallut quelques secondes pour que les yeux des deux visiteurs se réhabituent à la lumière du jour. Puis, ils avancèrent en découvrant des appareils plus imposants. Toujours faits de bois et de tissus, ils ressemblaient davantage à l'idée que Thomas se faisait des avions modernes. Ils y virent même un véhicule monté sur des barres de bois semblables à des skis.

Un peu plus loin se trouvaient les premiers avions faits de matériaux plus solides et à hélices. Pierre ne put s'empêcher d'admirer le travail de ceux qui avaient créé ces magnifiques machines.

Ils virent également l'un des plus grands modèles du hall. Il était en fer et en tissu, monté par un mannequin assis sur un petit siège accroché à l'une des poutres métalliques. Ses ailes avaient une telle envergure que Pierre fut obligé de faire plusieurs clichés pour le photographier dans son intégralité.

À un certain point de leur promenade, ils finirent par arriver devant des appareils plus perfectionnés, construits tout en métal. À côté d'eux étaient présentés des mannequins habillés comme au tout début du XXe siècle, regardant un avis de mobilisation générale. La guerre qui naissait avec l'Allemagne à cette époque avait forcé les ingénieurs à se pencher davantage sur la mécanique aéronautique.

Pierre et Thomas regardèrent d'autres vitrines dédiées aux modèles réduits et aux reproductions d'appareils volants. Au plafond étaient aussi accrochées plusieurs nacelles de ballons. À quelques mètres de là, ils purent admirer des uniformes militaires de la Première Guerre mondiale ainsi que des insignes de pilotes.

— C'est des vrais ? demanda Thomas en regardant les vêtements.

— Oui. Ils ont vraiment appartenu à des pilotes.

— Ouah…

Pierre sourit pour lui-même. Il comprenait parfaitement la fascination de Thomas. Savoir que ces objets avaient bien appartenu à des personnes ayant existé et qu'ils avaient pu s'en servir faisait éprouver quelque chose. Ce n'était pas une sensation facile à décrire car elle était bien trop diffuse… Même Pierre n'avait jamais réussi à mettre de mots sur cette impression qui prenait au cœur…

Sur la droite du hall principal, les deux visiteurs découvrirent un modèle réduit d'un des premiers ballons dirigeables.

— Ouah… Qu'est-ce qu'il devait être long…

— Oui. Tu vois ce qui est accroché sous ce ballon ? C'est un gouvernail, il permettait de faire prendre à l'appareil la direction que l'on voulait suivre. C'était beaucoup plus pratique que les montgolfières.

Suivait du matériel de mesure avec des photos d'avions de l'époque. En continuant le parcours, ils arrivèrent à une zone consacrée à ceux utilisés pendant la guerre. On y trouvait des véhicules militaires terrestres mais aussi les premiers missiles et une véritable armada de moteurs. Ils purent voir les mitrailleuses chargées à bord pour combattre dans les airs. Thomas apprécia particulièrement celle au double canon en bois. Une magnifique pièce, devait reconnaître Pierre.

Grâce à des panneaux interactifs, ils regardèrent un film en noir et blanc de quelques secondes qui montrait comment les aviateurs de cette sombre époque – pas si lointaine – bombardaient leurs ennemis. Thomas fut amusé en constatant qu'ils étaient obligés de larguer leurs bombes à la main étant donné qu'aucun mécanisme ne permettait aux combattants de les lâcher automatiquement depuis la soute des avions.

Pierre lui expliqua également que ce n'était qu'à la fin de la Première Guerre mondiale que les mitrailleuses avaient été installées sur le nez des appareils de combat. Avant cela, pour abattre un adversaire en plein vol, les aviateurs étaient obligés de tirer avec leur propre arme de poing. Un peu comme dans les duels des XVIIIe ou XIXe siècles.

Pierre et Thomas entrèrent dans un autre cabanon où ils virent des mannequins qui représentaient des militaires en train de préparer une campagne ou encore de prendre un bref moment de repos et de s'amuser.

En sortant, ils arrivèrent au bout du hall et découvrirent de nouveaux avions, ainsi qu'un cockpit démonté et agrémenté d'une mitraillette et d'un lance-missiles.

Pierre et Thomas montèrent les marches d'un petit escalier et se retrouvèrent à l'étage supérieur d'où ils purent observer d'un tout autre point de vue les appareils exposés.

25

Thomas était émerveillé de pouvoir les regarder en hauteur et Pierre en profita pour le prendre en photo. Son expression béate lui faisait réellement chaud au cœur. Il était fier d'avoir eu l'idée de l'emmener au musée du Bourget. Zach aussi était toujours heureux à chaque fois qu'il l'emmenait quelque part pour découvrir de nouvelles choses. Thomas était doté de ce même genre de curiosité naturelle et il fut rassuré de constater qu'il n'avait pas perdu sa capacité à y répondre.

Ils progressèrent sur la passerelle métallique pour arriver à un avion coupé en deux. Pierre présenta à Thomas le poste de pilotage et le prit à nouveau en photo au milieu de l'appareil. Ravi, Thomas lui fit un immense sourire auquel l'écrivain répondit de bon cœur.

Ils redescendirent puis Pierre emmena l'enfant dans le hall suivant entièrement consacré aux maquettes. Dans de grandes vitrines se trouvaient des centaines de reproductions d'avions en métal, plastique ou bois. Puis ils passèrent devant l'atelier des maquettistes, vide ce jour-là. Lorsqu'ils arrivèrent au milieu de la galerie, Pierre montra à Thomas l'appareil qui était accroché au plafond. Ce dernier sourit devant la reproduction d'un avion long-courrier, comme il avait l'habitude d'en voir à la télévision. Pierre lui montra alors les marquages au sol.

— Tu vois, nous sommes sur une piste d'atterrissages.

— Super ! s'exclama le garçonnet d'autant plus amusé.

— Ça te dit de prendre une photo amusante ?

Thomas acquiesça vivement. Pierre sourit tout en lui montrant comment se placer et Thomas écouta avec sérieux. Il se recula pour avoir le meilleur angle afin de prendre en photo à la fois le garçon et l'avion qui se trouvait en arrière-plan juste derrière lui. Lorsque Pierre lui montra l'image, l'enfant rit en se voyant faire semblant de courir afin d'échapper à l'appareil qui menaçait de l'écraser.

Ils continuèrent leur visite du hall des maquettes et Pierre prit une nouvelle photo de Thomas, béat d'admiration devant la gigantesque reproduction de l'*Enterprise*, le plus connu des porte-avions américains, qui avait également donné son nom à un célèbre vaisseau spatial d'une série de science-fiction.

Ils conclurent le tour du premier hall en passant par la salle des ballons. Ils purent y découvrir des tableaux gigantesques de montgolfières en activité, ainsi que des nacelles et des objets d'époque, tous à l'effigie de ce moyen de transport pour le moins inhabituel, comme des services à liqueurs ou encore une bonbonnière.

En quittant cette partie du musée, ils se trouvèrent à nouveau à l'entrée. Les deux visiteurs passèrent les portes qui les menèrent à l'extérieur. Le vent y était étonnamment fort malgré le temps chaud qui régnait en cette saison et les bruits de moteurs leur parvenaient avec puissance depuis l'aéroport du Bourget, rendant l'endroit quelque peu bruyant. Mais Thomas ouvrit de grands yeux émerveillés en apercevant de nouveaux avions exposés et les gigantesques fusées *Ariane I* et *Ariane V*. Pierre remarqua avec amusement qu'il ne paraissait nullement gêné par le bruit et le vent.

26

Pierre regarda sa montre et constata qu'ils avaient pris tout leur temps pour visiter le premier hall. Cependant, il ne le regrettait aucunement. Thomas semblait être aux anges et Pierre devait bien avouer que c'était la partie du musée qu'il préférait. Il tourna le regard sur sa droite et ses yeux ainsi que son estomac furent attirés par l'enseigne de l'unique restaurant du complexe qui se trouvait près d'eux.

— Que dirais-tu de manger maintenant ? demanda Pierre.

— On va manger où ?

Pierre montra le restaurant en souriant et Thomas fit mine de réfléchir un instant avant d'acquiescer d'un air des plus sérieux. Ils passèrent donc les portes de *L'Hélice* et se rendirent au comptoir où le patron les accueillit avec le sourire.

— Bonjour, dit Pierre. Nous voudrions déjeuner.

— Pas de problème, Messieurs ! s'exclama le chef. Choisissez une table et je vous apporte la carte immédiatement !

Pierre et Thomas s'exécutèrent avec plaisir et s'installèrent à l'une des tables côté fenêtres pour que Thomas puisse continuer à contempler les avions exposés. Le patron leur apporta les cartes des boissons et des plats et ils les ouvrirent aussitôt. Après quelques minutes d'intense réflexion, Thomas choisit le menu enfant composé d'un steak-frites avec un *Coca-Cola*. En dessert, il se laissa tenter par une part de brownie. Pierre, après avoir observé les avantages des différents plats proposés, décida finalement de se faire plaisir en commandant à la carte des ravioles de queues d'écrevisses puis un carpaccio de bœuf avec des frites et un coulant au chocolat avec crème anglaise. Le tout avec une bouteille d'eau plate.

Tous les deux se régalèrent et Thomas fut heureux de pouvoir observer les avions et les fusées en déjeunant. Le patron lui offrit même une petite maquette en polystyrène à monter en guise de cadeau. Pierre lui laissa alors un généreux pourboire afin de le remercier de sa gentillesse en voyant les yeux brillants d'excitation du petit garçon.

Ils quittèrent le restaurant et rejoignirent le tarmac, bruyant et venteux, admirant des avions de ligne et de guerre exposés au soleil. Pierre prit des photos de Thomas devant ces appareils. Le petit garçon fut particulièrement amusé par un avion de chasse dont le nez était peint de telle sorte qu'on l'aurait cru pourvu d'une gueule tout hérissée de crocs pointus. Grâce à leurs billets, ils eurent le droit de monter à bord du *Boeing 747*, au grand plaisir de Thomas. Pierre l'y prit en photo, un grand sourire ne quittant plus ses lèvres. Sourire qui était contagieux, dut-il admettre car il ne cessait de sourire lui-même.

Puis les deux visiteurs entrèrent dans le bâtiment qui présentait l'aviation d'entre-deux-guerres et son évolution. Ils y trouvèrent des planeurs, de vieux transporteurs civils et aussi des appareils qui avaient battu des records assez impressionnants pour cette époque. Thomas fut incroyablement ravi de découvrir le Pavillon dédié à Saint-Exupéry où il put admirer des photos et de nouvelles maquettes.

Ils s'assirent quelques instants pour regarder un court métrage sur l'aviateur écrivain.

— Pierre ! T'as entendu ça ? Lui aussi il était comme toi, il écrivait des histoires ! s'extasia le petit garçon

— Oui, répondit Pierre avec un grand sourire. Il a écrit de très belles histoires. Et il y en a une très connue qui s'appelle *Le Petit Prince*. Je suis sûr que ça te plairait.

La découverte du hall se termina par le simulateur de vol sur lequel Thomas s'amusa pendant quelques minutes, parvenant même à y réaliser de superbes pirouettes avec son avion interactif. Pierre dut le porter afin de lui permettre d'atteindre les boutons et regretta de ne pas pouvoir le prendre en photo devant la console. Mais ses rires furent une bien plus belle récompense.

La suite de la visite les amena dans une partie juste en face où ils trouvèrent des avions de la Seconde Guerre mondiale. Ils purent monter à bord d'un *Dakota* sur lequel un lapin façon cartoon avait été dessiné et Thomas fut tout simplement émerveillé par l'intérieur de l'appareil.

Le hall suivant coupa littéralement le souffle de Thomas. Il resta bouche bée devant les deux immenses *Concordes*. Pierre chercha le point de départ de la visite et vit un couple avec un enfant parler avec un vigile. Une fois qu'il eut vérifié les billets des trois personnes, il les laissa passer avec un signe de tête. Pierre vit alors le compteur rouge qui permettait de savoir combien d'autres visiteurs pouvaient entrer dans l'avion. Ils s'approchèrent et, tendant leurs billets au vigile, ils passèrent le portique pour grimper la passerelle d'embarquement.

La visite plut grandement à Thomas. Pierre en profita pour prendre des photos et s'amusa de l'enthousiasme de son petit protégé qui put s'asseoir sur l'un des sièges et s'y attacher. Le premier modèle était une réplique d'un vol commercial alors que le second présentait l'intérieur d'un vol d'essai avec tout l'équipement utilisé pour les différents tests et calculs. En redescendant, Thomas ne cessa de commenter ce qu'il avait vu, impressionné. Puis, ils allèrent admirer le *Mirage IV* exposé à quelques mètres de là.

Ils poursuivirent par un hall où se trouvaient exposés des avions de chasse de l'armée française. Pierre sourit intérieurement en apercevant des cockpits tout au fond de la salle. Il se souvenait bien qu'il y en avait quelque part !

Ils firent le tour, admirant les appareils et les maquettes représentant une grande base aérienne. Puis ils grimpèrent dans l'un des avions dont ils voyaient l'intérieur à travers ses vitres avant de se diriger vers le fond de la salle.

L'écrivain fut quelque peu déçu de constater qu'il ne pouvait faire monter Thomas dans aucun des cockpits qui étaient désormais fermés au jeune public. Il se souvenait qu'autrefois les enfants pouvaient entrer dedans pour faire semblant de piloter. C'était alors toujours un merveilleux moment pour les parents qui pouvaient prendre leurs petits fous de joie en photo. Thomas monta cependant l'un des escabeaux métalliques pour regarder l'intérieur du petit bout d'appareil et Pierre le prit en photo à côté des postes de pilotage.

Ils allèrent ensuite dans le hall présentant les prototypes de l'aviation française. Ils y découvrirent des engins très intéressants, comme un appareil permettant à des hommes de passer des obstacles terrestres sans difficulté. Mais ils n'avaient jamais été mis en service pour diverses raisons.

Ils purent monter à bord d'un hélicoptère où ils virent un petit film montrant le sauvetage d'un homme en pleine mer. Cette animation plut beaucoup à Thomas et lorsqu'ils ressortirent du hall après avoir vu les autres appareils, il en parlait encore.

27

Enfin, ils retournèrent jusqu'à l'entrée afin de rejoindre le dernier hall d'exposition dédié à l'espace. L'ambiance y était complètement différente.

Thomas resta muet quelques secondes, son regard se tournant de gauche et de droite vers les fusées, les satellites et les miniatures. Il resta muet un long moment et, pendant un instant, Pierre craignit que cette partie ne lui plaise pas du tout. Mais lorsqu'ils arrivèrent devant une gigantesque fresque représentant l'univers, il fixa longuement le point que l'écrivain lui montrait et qui représentait leur galaxie.

— Dis, Pierre, demanda Thomas d'une petite voix en observant la fresque, est-ce que tu crois que moi aussi je pourrai aller dans l'espace ?

Pierre sourit et s'accroupit pour se mettre à sa hauteur.

— Pourquoi pas ? Si tu travailles bien à l'école, tu pourras devenir astronaute et aller dans l'espace. Mais c'est très difficile et il te faudra vraiment très bien travailler car il n'y a que très peu de personnes qui sont choisies pour faire ce travail.

— Alors, je vais travailler très dur à l'école ! promit Thomas avec un grand sourire.

Les lèvres de Pierre s'étirèrent, à la fois de soulagement et d'amusement.

Astronaute.

Il en avait rêvé également étant enfant, comme beaucoup. Zach aussi voulait devenir astronaute…

Pierre se releva tout en se secouant mentalement pour effacer cette douloureuse pensée de son esprit et Thomas mit sa main dans la sienne, continuant d'observer tout autour de lui. Ils quittèrent la zone d'exposition et se retrouvèrent une nouvelle fois à l'entrée du musée.

— Et voilà, dit Pierre. Nous avons fini la visite.

— Déjà ?

— Il va bientôt être quinze heures, tu sais. Mais… Je crois qu'il nous reste encore un petit endroit à visiter, dit Pierre en lui faisant un clin d'œil.

— C'est vrai ? On va voir quoi ?

— Ah ça… C'est une surprise. Suis-moi.

Pierre l'emmena quelques mètres plus loin et ils passèrent devant une vitrine.

— Voici la dernière salle, sourit Pierre. La boutique à souvenirs !

Le sourire de Pierre s'effaça lorsqu'il constata que Thomas restait silencieux, visiblement embarrassé. Pierre s'était pourtant attendu à ce que l'enfant saute de joie. Mais au contraire, il semblait presque triste.

Inquiet, Pierre s'accroupit devant Thomas en prenant ses mains dans les siennes.

— Eh bien, qu'est-ce qui ne va pas, Thomas ? La boutique ne te plaît pas ? Tu n'as encore rien vu pourtant…

— C'est que… J'ai pas d'argent, Pierre. Je peux pas acheter de souvenirs.

L'écrivain resta muet pendant quelques secondes devant la remarque du petit garçon qui avait baissé la tête. C'était à la fois logique et émouvant. Avec un doux sourire, Pierre releva le visage de Thomas pour qu'il le regarde.

— Mais moi, j'ai de l'argent. Je peux t'acheter des souvenirs.

— C'est vrai ? demanda-t-il soudain rayonnant.

— Mais bien sûr ! Allez, suis-moi. Nous allons choisir tes souvenirs. Et je sais déjà lequel nous allons prendre en premier, je suis sûr qu'il va te plaire.

Pierre prit l'enfant par la main et ils se dirigèrent vers le fond de la boutique. Tout près de la caisse, dans un tonneau, reposaient des dizaines d'oursons en peluche. Ils étaient vêtus d'un maillot blanc sur lequel était dessiné un avion et écrit en rouge « *Bruch Pilot* », d'une veste, d'un bonnet d'aviateur en cuir et portaient une paire de lunettes de plongée en guise de lunettes de conduite. Pierre en prit un et le tendit à Thomas.

— Qu'est-ce que tu en penses ?

— Il est trop chouette ! Je peux vraiment en avoir un ?

— Bien sûr.

Thomas le prit entre ses mains et le serra contre lui en souriant. Pierre fut ravi que son choix ait fait mouche et ils firent le tour de la boutique avant de passer par la caisse. En sortant, ils avaient dans leur sac un cube avec une inclusion de la fusée *Ariane*, le livre *Le Petit Prince* de Saint-Exupéry et un pin's représentant un avion de chasse. Thomas avait décidé de garder son ours dans ses bras, tout sourire.

Ils firent rapidement le tour du parking afin d'observer une statue commémorative qu'ils n'avaient pas remarquée en arrivant, abritée sous des arbres. Pierre prit une dernière photo de Thomas et de sa peluche devant les deux pilotes figés, puis ils retournèrent à la voiture. Thomas souleva l'ours pendant que Pierre l'attachait puis ils reprirent la route. L'enfant joua avec la peluche pendant tout le trajet.

Une fois de retour à Senlis, ils rangèrent leurs affaires puis Pierre leur prépara un petit goûter bien mérité. Thomas posa son ours sur une chaise à ses côtés et but avec plaisir un grand verre de lait frais, tout en engloutissant par la même occasion quelques gâteaux.

— Pierre, est-ce que je peux aller jouer dans ma chambre ?

— Bien sûr, dit-il en souriant.

— Merci !

Thomas sauta de sa chaise, prit sa peluche dans ses bras et monta jusqu'à sa chambre. Avec un sourire de plaisir devant sa joie de vivre, Pierre rangea ce qu'il avait sorti dans la cuisine et se rendit dans son bureau. Il alluma l'ordinateur, retira sa carte mémoire de l'appareil et enregistra toutes ses prises sur le disque dur. Pierre ne put se retenir de sourire en les visionnant.

Thomas rayonnait littéralement de joie sur les images.

Une fois ses affaires rangées, Pierre alla discrètement vers la chambre de l'enfant. Celui-ci jouait avec l'ours en peluche, le faisant voler au-dessus de lui en le gardant toujours en sécurité dans ses mains. Puis, il le présenta devant lui et sembla parler à quelqu'un.

Pierre sourit en voyant Thomas agir comme s'il s'amusait avec un autre petit garçon.

28

Pendant le dîner, Pierre sentit la fatigue de Thomas monter en flèche. Après leur repas, il l'emmena se laver les dents. Le bain qu'il avait pris avant de manger avait accentué la fatigue de la journée et il ne mit que quelques secondes à s'endormir profondément.

Il le regarda un moment.

Thomas avait serré son nouvel ourson en peluche dans ses bras et souriait. Comme la veille, Pierre eut l'étrange impression d'être observé… Puis il sentit quelque chose lui frôler la joue, comme si une main tendre le caressait…

Mais lorsque Pierre se retourna, il était toujours seul dans la pièce, Thomas paisiblement endormi.

Son cœur battant la chamade, Pierre se reprit et se secoua mentalement. Il se releva doucement pour ne pas prendre le risque de réveiller Thomas et retourna à son bureau pour continuer l'écriture de son nouveau roman…

Jeudi

29

Pierre se réveilla en sursaut lorsque les premiers rayons de l'astre du jour vinrent taquiner ses paupières closes. Il lui fallut un moment pour se rendre compte qu'il s'était endormi la veille au soir devant son ordinateur. L'appareil s'était automatiquement mis en mode veille pendant la nuit. Il vérifia qu'il n'avait pas perdu le travail qu'il avait pu effectuer et, soulagé, sauvegarda avant d'éteindre.

Il était un peu plus de 7 heures…

Thomas devait certainement encore dormir. Il se releva de son fauteuil, quelque peu engourdi, puis s'étira pour réchauffer ses muscles légèrement endoloris par plusieurs heures de sa mauvaise position. Il alla récupérer des vêtements dans sa chambre et se rendit dans la salle de bains afin de prendre une douche et terminer de se réveiller. Il ferma les yeux sous le jet d'eau chaude qui délia ses muscles raidis par sa nuit de sommeil sur son fauteuil de bureau.

Cela ne lui était pas arrivé depuis longtemps de s'endormir en écrivant… Épuisé, il ne voulait cependant pas s'arrêter sur sa lancée. Il fermait donc un instant les yeux avec pour objectif de faire une pause puis Pierre se réveillait inéluctablement le lendemain matin assis à son bureau. Lorsque cela lui arrivait, Catherine ne se privait pas de s'en moquer et de faire la moue en prétendant avec un demi-sourire amusé qu'il aimait ses romans plus qu'elle…

Pierre se secoua intérieurement afin de chasser le passé de

ses pensées et quitta la douche. Il se rendit à la cuisine et prépara le petit-déjeuner en réfléchissant à ce qu'il pourrait faire avec Thomas. Un grand soleil brillait déjà dehors et la journée promettait d'être radieuse.

Il serait dommage de rester enfermé avec un temps pareil.

En repensant à leur promenade de la veille au Bourget et à l'intérêt de Thomas pour tout ce qu'il découvrait, Pierre eut une idée. Il saisit son téléphone portable et chercha parmi ses contacts celui qui pourrait l'aider à faire passer à nouveau un bon moment à Thomas.

Il hésita un instant, le pouce au-dessus de la touche qui validerait la composition du numéro. Cela faisait très longtemps qu'ils ne s'étaient pas reparlés. Lui en voudrait-elle de ne reprendre contact que maintenant ?

Prenant une grande inspiration, Pierre appuya sur la touche et attendit qu'on décroche. Après trois secondes d'attente, une voix aggravée par l'âge se fit entendre.

— *Eh bien ! Si je m'attendais à ça ! Pierre Melet ! Que me vaut le plaisir de ton appel ?*

Pierre fut rassuré en constatant que le ton de sa voix était en parfait accord avec les mots prononcés. La vieille femme était réellement heureuse de l'avoir au bout du fil.

— Bonjour, Colette. Je ne te réveille pas, j'espère ?

— *Bien sûr que non !* dit-elle d'une voix enjouée. *Je suis une lève-tôt, tu le sais bien ! En tout cas, ça me fait drôlement plaisir de t'entendre ! Comment vas-tu ?*

— Plutôt bien. Je me suis remis à écrire.

— *C'est vrai ? Je suis vraiment heureuse pour toi !*

Pierre sourit, soulagé de constater que Colette ne semblait pas lui avoir tenu rigueur de son éloignement de ces dernières années. Elle était peut-être même la seule…

— *C'est un roman pour enfants ? Ou alors un thriller fantastique ?*

— Pour enfants, confirma Pierre. L'inspiration m'est revenue… J'ai un service à te demander.

— Dis-moi tout !

— J'accueille pour quelque temps un petit garçon. J'aurais voulu lui faire visiter un peu notre ville. Est-ce que tu serais libre afin de nous accompagner de tes merveilleuses connaissances sur le passé historique de notre belle Augustomagus ?

— Je n'ai rien de prévu aujourd'hui. Ce sera un plaisir de vous faire visiter la ville à tous les deux. À quelle heure veux-tu que nous nous retrouvions ?

— Disons vers 10 heures, si cela te convient ? Et c'est moi qui invite pour le déjeuner.

— Ah ! Eh bien si en plus tu cherches à me prendre par les sentiments ! Comment pourrais-je refuser ?

Les deux amis rirent de bon cœur. Pierre se rendit compte qu'il n'avait pas ri ainsi depuis très longtemps. Cela lui faisait beaucoup de bien.

— Où veux-tu que nous nous retrouvions ?

— Rejoignez-moi devant l'office de tourisme. Nous commencerons par ce côté. Bon, eh bien il ne me reste plus qu'à me préparer. À tout à l'heure !

— À tout à l'heure. Et merci, Colette.

— C'est un plaisir !

Pierre raccrocha et regarda le téléphone en souriant.

Cette chère Colette…

Pierre et Catherine l'avaient rencontrée presque dix années plus tôt, alors qu'il cherchait de l'inspiration pour l'un de ses romans. La visite guidée qu'il avait suivie avec sa femme à cette époque lui avait permis d'avoir de nombreuses idées. Il avait par la suite invité Colette à dîner afin de pouvoir lui poser toutes sortes de questions – dont certaines avaient dû lui sembler étranges – mais auxquelles cette passionnée avait répondu avec enthousiasme.

Depuis, ils étaient restés régulièrement en contact, jusqu'à la disparition de Catherine et Zach. Pourtant, apparemment, Colette ne lui en voulait pas de s'être ainsi éloigné. Nul doute qu'elle comprenait, étant veuve elle-même.

— Pierre, pourquoi tu rigolais ?

L'écrivain se tourna en entendant la voix de Thomas. Il se dirigea vers lui et s'accroupit pour se mettre à sa hauteur, souriant.

— Je rigolais avec une vieille amie. Dis-moi, est-ce que ça te plairait de visiter cette ville ? J'ai une amie qui a accepté de nous faire une visite guidée, juste pour toi et moi.

— C'est vrai ?

— Oui. Ça te fait plaisir ?

— Oui ! On y va quand ?

— À 10 heures Étant donné qu'il est 8 h 30, tu as le temps de prendre un bon petit-déjeuner. Ensuite, nous nous préparerons et nous rejoindrons mon amie en ville. Ça te va comme programme ?

— Oui !

Thomas sembla hésiter un instant.

— Est-ce que je peux emmener mon ours

— Bien sûr ! sourit Pierre.

Avec un grand sourire, Thomas s'assit et déjeuna, engloutissant aussi vite qu'il le pouvait les gâteaux.

— Prends tout ton temps, rit Pierre. Nous ne serons pas en retard, tu sais.

Thomas ralentit un peu le rythme avec un sourire d'excuse et prit davantage le temps d'apprécier son petit-déjeuner.

30

Aux alentours de 9 h 45, Pierre emmena Thomas – et son ours – jusqu'à la voiture. L'office de tourisme n'était pas spécialement loin, mais il savait déjà que le parcours préparé par son amie serait long et que Thomas ne manquerait pas d'être fatigué par leur journée de marche. En quelques minutes, ils arrivèrent au parking qui se trouvait juste à côté du rond-point du cerf.

Dès qu'ils furent sortis du véhicule, Thomas glissa sa main dans celle de Pierre en serrant sa peluche de l'autre contre lui. L'adulte prit tranquillement le chemin de l'office de tourisme, passant devant l'ancienne église Saint-Pierre, la bibliothèque municipale puis la librairie Saint-Pierre et la cathédrale. Alors qu'ils arrivaient à proximité de la porte, une petite femme aux cheveux blancs et aux yeux gris-bleu sortit et lui sourit. Pierre sourit en retour et se rendit compte qu'il était réellement heureux de revoir sa vieille amie.

— Bonjour, Colette !

— Tu as l'air en grande forme ! Ça me fait plaisir.

Pierre serra Colette dans ses bras et lui fit la bise. Malgré son âge, elle avait toujours de la force et son étreinte chaleureuse lui fit chaud au cœur. Après un instant, il s'écarta de la vieille femme et se tourna vers l'enfant.

— Colette, je te présente Thomas. Il est mon invité depuis quelques jours. Thomas, voici Colette, l'amie dont je t'ai parlé.

— Bonjour, répondit timidement Thomas.

— Bonjour, Thomas. Je suis ravie de te rencontrer. Alors, dis-moi, aimes-tu voir des endroits que tu ne connais pas ?

— Oui ! Avec Pierre, on a été au musée des avions hier ! dit-il en tendant en avant sa peluche avec fierté.

Colette rit.

— Ça t'a plu, on dirait ?

Il acquiesça avec un grand sourire.

— Bien ! Alors, j'espère que notre visite de Senlis te plaira également. D'ailleurs, à la fin de la journée, je vous emmènerai peut-être visiter un endroit secret, dit Colette sur un ton de conspiratrice.

— C'est vrai ? s'enthousiasma Thomas.

— Oui ! Mais, il te faudra être bien attentif à tout ce que je vais dire pour ça. D'accord ?

— Promis !

— C'est parfait. Alors commençons. Nous allons aller voir les vestiges qui se trouvent juste à côté. Suivez-moi.

Pierre et Thomas suivirent Colette sur la droite de l'office de tourisme, là où se trouvait le Musée des Spahis. Mais au lieu d'entrer à l'intérieur, ils continuèrent d'avancer un peu à l'entrée du parc et s'arrêtèrent devant des murs à moitié éventrés par le temps.

— Alors Thomas, à ton avis, ces bâtiments que tu vois derrière moi, est-ce qu'ils sont vieux ou pas ?

Thomas ne réfléchit que quelques secondes avant de faire un signe positif de la tête.

— Eh bien, tu as raison. Les vestiges que tu vois ont déjà plusieurs centaines d'années. Bien sûr, entre-temps, ils ont été plus ou moins rénovés ou détruits et certaines parties ont été réutilisées ici et dans d'autres endroits. Mais il reste toujours des morceaux qui nous permettent de savoir de quand ils datent. Ceux qui sont devant nous ont été construits à l'époque des Romains. Tu sais qui sont les Romains ?

— C'est les ennemis d'Astérix ?

Colette et Pierre sourirent.

— En effet, répondit-elle. Je vois que tu connais tes classiques, c'est très bien, Thomas ! À l'époque d'Astérix, Senlis portait un tout autre nom : Sulbanectium. Ça vient du mot latin qui signifiait « la forêt » car il y avait de nombreux bois autour de la ville. Beaucoup plus qu'aujourd'hui. Quand les Romains sont arrivés, ils ont envahi Sulbanectium. Cette ville a alors pris le nom d'Augustomagus Silvanectum.

— Ça veut dire quoi ?

— Eh bien à ce moment-là, l'empereur romain s'appelait Auguste. La ville étant grande, les Romains y ont construit un marché : d'où le nom d'Augustomagus. Les romains ont aussi transformé l'ancien mot gaulois Sulbanectium en latin : ce qui a donné Silvanectum. La ville s'appelait donc le marché d'Auguste des Silvanectes, c'est-à-dire des Senlisiens.

— C'est compliqué, dit Thomas.

— Oui, c'est vrai… C'est peut-être un petit peu compliqué pour toi. Retiens juste qu'en arrivant les Romains se sont approprié la ville. Tout au long de notre promenade, nous allons voir plein de choses qui nous sont restées de cette époque.

— D'accord.

— Donc, les Romains sont arrivés. Ils ont transformé Senlis en une ville à l'image de celles qu'ils avaient en Italie. Ils ont construit des temples et des arènes. Les temples étaient au centre de tout puisqu'ils étaient dédiés aux dieux auxquels les habitants faisaient leurs prières et leurs offrandes. Les arènes, elles, étaient à l'extérieur de la ville. Tu sais pourquoi ?

Le petit garçon fit signe que non.

— Il fallait beaucoup de place autour pour laisser les chevaux et les calèches de tous les gens qui voulaient profiter des spectacles. C'était un peu comme nos parkings pour les voitures d'aujourd'hui. Et à cette époque, il n'y avait pas assez de place à l'intérieur de la ville.

— Et les temples, il y en a encore ?

— Pas exactement. Mais je vais te montrer où ils se trouvaient.

Ils quittèrent le parc afin de se diriger vers la cathédrale de Senlis. Colette tendit la main d'un geste théâtral.

— Voici le temple de Jupiter !

Pierre s'amusa du regard dubitatif de Thomas qui semblait douter un peu de la santé mentale de leur guide. Visiblement, ses parents lui avaient déjà expliqué ce qu'était une église et qu'on n'y priait pas un dieu nommé Jupiter.

— Tu ne me crois pas, n'est-ce pas, Thomas ? C'est parce que cet ancien temple n'est plus visible. En fait, la cathédrale a été construite sur les ruines du temple dédié au roi des dieux romains lorsque la religion chrétienne est devenue la religion de l'Empire romain. Cela permettait ainsi aux habitants de ne pas trop changer d'habitudes. Simplement, à la place de venir pour prier Jupiter, ils venaient prier le dieu chrétien.

Pierre se souvenait encore de sa propre réaction lorsqu'il avait appris que cette cathédrale avait été élevée sur les ruines d'un ancien temple païen. Il s'était imaginé parcourant les catacombes et découvrant de vieilles statues romaines à l'effigie du dieu oublié.

Ils entrèrent dans l'édifice religieux et Colette leur fit faire le tour, leur expliquant tout ce que représentaient les tableaux et les petits cadres de bois gravés qui se trouvaient sur les colonnes. En voyant à nouveau ces dernières, Pierre se rappela sa stupéfaction en découvrant l'origine de l'expression « être d'aplomb ». À la base des colonnes avait été coulé du plomb afin d'éviter que les piliers ne s'écroulent en cas de secousses sismiques, le plomb faisant office d'amortisseur.

D'où l'expression qui signifiait être solide.

Pierre observa attentivement Thomas et s'émerveilla de la capacité de concentration dont il faisait preuve du haut de ses cinq ans. Il écoutait avec une grande attention tout ce que Colette lui racontait et il semblait sincèrement passionné par ce qu'il découvrait. Une nouvelle fois, il lui rappela son propre fils. Lui aussi était d'une incroyable curiosité.

Thomas prit la main de Pierre, le ramenant soudain à la réalité en lui montrant un orgue gigantesque au-dessus d'eux. Il devait cesser de se tourner vers son passé lorsqu'il était avec lui et profiter de l'instant présent. Thomas n'était là que pour un temps limité. Il aurait tout le loisir de se replonger dans ses souvenirs après son départ.

31

Lorsqu'ils eurent fait le tour de la cathédrale, Pierre regarda l'heure. Le temps avait passé incroyablement vite et il était déjà presque midi. L'écrivain proposa donc d'aller déjeuner et ils se rendirent tous trois à pied jusqu'au restaurant que préféraient les deux adultes dans Senlis. Colette, ravie, se frotta les mains avec un sourire en découvrant où son ami l'emmenait.

— Eh bien ! Au moins, tu ne fêtes pas nos retrouvailles à moitié !

— Je n'ai pas oublié tes goûts, tu sais, sourit Pierre.

— C'est quoi, Pierre ? demanda Thomas.

— Nous allons manger dans un très bon restaurant chinois. Est-ce que tu as déjà goûté cette nourriture ?

Thomas secoua la tête de gauche à droite.

— Tu verras, je suis sûr que ça te plaira, reprit Pierre.

Ils entrèrent dans le *Jardin Impérial* et après trois pas arrivèrent au comptoir pour y être chaleureusement accueillis par le patron. C'était un homme très agréable et souriant, de taille moyenne, mince avec des yeux bridés de couleur noisette. Sa famille possédait le restaurant depuis de nombreuses années.

— Bonjour, Monsieur Melet ! dit-il avec un léger accent chinois. Ça faisait longtemps. Comment allez-vous ?

— Très bien, je vous remercie.

— Tant mieux !

— Est-ce que vous avez de la place pour trois personnes ? Et pour un ours en peluche ? rajouta Pierre en voyant Thomas mettre en avant l'ourson.

— Bien sûr ! Suivez-moi, dit-il amusé.

Accompagné de Colette et Thomas, Pierre suivit le patron tandis que celui-ci donnait un ordre dans sa langue maternelle à une jeune femme qui terminait de préparer quelques tables. Il s'empara de trois cartes qu'il déposa sur l'une d'elles.

— Je vous en prie, installez-vous. Prenez votre temps pour choisir.

— Merci, répondit Pierre.

Ils s'assirent tous les trois à la table carrée qu'on leur avait attribuée, Thomas plaçant son ours sur la chaise à côté de lui. Pierre présenta le menu à l'enfant et après quelques minutes et de nombreuses explications sur le contenu des plats pour le petit garçon, ils purent passer leur commande : nems de porcs pour trois personnes en entrée, puis pour les plats ils se partageraient du poulet en sauce thaï et du bœuf aux oignons ainsi que trois parts de riz cantonais. Le tout arrosé avec une bouteille d'eau plate pour profiter au mieux du repas.

Thomas se régala particulièrement avec les nems. Au début, il avait hésité un court instant en goûtant la sauce claire qui les accompagnait. Après avoir pu constater que le goût lui plaisait, il avait finalement continué d'y tremper ses beignets frits. Au cours de leur repas, Pierre prit de plus amples nouvelles de Colette et sa vieille amie en fit autant. Thomas, qui écoutait consciencieusement leur conversation, souriait quand l'écrivain riait. Et inversement. Lorsque Colette interrogea le petit garçon sur ce qu'il aimait, c'était à Pierre de sourire.

La vieille femme ne mit guère longtemps avant de remarquer la complicité née entre Pierre et Thomas.

Lorsque le repas fut terminé – sans qu'ils aient pu manger la totalité des portions plus que généreuses – le patron vint les voir en souriant légèrement.

— Est-ce que vous voulez autre chose ?

Pierre interrogea l'enfant et Colette du regard et tous deux lui signifièrent qu'ils n'avaient plus faim.

— Non, ça ira, merci, dit Pierre en se tournant de nouveau vers l'homme.

— Pas dc dessert ? Ou peut-être un thé ou un café ?

— Non, je vous remercie, dit poliment l'écrivain. Nous allons prendre l'addition. Nous avons encore un peu de marche à faire cet après-midi.

— Alors en effet, il ne faut pas trop manger ou vous allez dormir en marchant. Je vous amène l'addition.

Une fois que Pierre eut payé et laissé un pourboire, le patron apporta un petit pot en terre verni et le tendit à Thomas.

— Tiens, c'est un cadeau pour toi. Tu pourras ranger des petits objets dedans.

— Merci ! dit Thomas avec un grand sourire.

Après avoir remercié une nouvelle fois le patron du restaurant, Pierre, Thomas et Colette sortirent, le sourire aux lèvres.

— Quelle est la suite de notre programme d'aujourd'hui ? demanda Pierre en se tournant vers la vieille femme.

— Maintenant, je vous propose de visiter le musée d'Art et d'Archéologie, dit Colette en regardant sa montre.

Ils se dirigèrent donc à nouveau vers la cathédrale et trouvèrent l'entrée du musée à droite du parvis. Ils en passèrent la grille et, après quelques pas dans l'allée, tous trois pénétrèrent dans l'ancien palais des évêques qui abritait ce musée depuis 1989.

Pierre et Colette, habitant tous les deux Senlis, purent rentrer gratuitement avec Thomas.

32

Thomas fut émerveillé par ce qu'il découvrit.

Le rez-de-chaussée se composait de plusieurs vitrines qui exposaient de petits objets liés à la vie quotidienne à l'époque gallo-romaine. Poteries, bijoux, aiguilles… Mais la plus belle pièce de la collection était sans aucun doute possible un socle en bronze qui portait autrefois la statue de l'empereur Claude, offert par les Silvanectes. Statue qui n'était malheureusement pas présentée dans le musée.

Un peu à l'écart suivait une salle où l'on pouvait observer diverses sculptures mais aussi quelques objets de culte datant du Moyen-Âge magnifiquement conservés.

Puis, un petit escalier leur permit de descendre afin de rejoindre les sous-sols. À l'entrée étaient disposées des vitrines présentant d'autres objets de la vie des Gallo-Romains, ainsi que des pièces de monnaie retrouvées au cours des premières fouilles.

En avançant vers le fond de la salle, Pierre vit avec plaisir l'émerveillement de Thomas devant les ruines d'une maison antique. Les lumières tamisées leur donnaient comme une seconde vie, les couvrant d'un voile de mystère supplémentaire qui avait toujours plu à l'écrivain. On avait ainsi l'impression de voir ces anciens murs sous la lueur de torches, un peu à la manière d'un archéologue. C'était la salle qu'il préférait dans ce musée et il aurait pu y passer des heures, simplement à regarder chaque détail de ces vestiges sans s'en lasser une seule seconde, s'imaginant les habitants d'alors vivre là.

Ils descendirent les quelques marches qui se présentaient à eux et, visiblement ravi, Thomas observa d'un peu plus près les restes de l'ancienne demeure. Puis, ils se rendirent dans la pièce suivante, emplie de statuettes réalisées en pierre pour la grande majorité. Pierre emmena d'abord l'enfant à gauche de la salle pour lui montrer le passage voûté et les marches effritées interdites d'accès au public.

— On peut pas y aller ? demanda Thomas, déçu.

— Eh non, répondit Colette. Les travaux dans cette partie n'ont jamais été terminés et ce n'est pas assez sécurisé pour y faire descendre des visiteurs.

Ils firent le tour de l'espace pour regarder les statuettes qui y étaient exposées. Lorsqu'ils eurent terminé la première observation en silence, Thomas et Colette s'assirent sur un petit banc de bois. Pierre appuya sur un bouton afin de déclencher une vidéo en français.

La lumière s'éteignit et Pierre rejoignit Thomas et Colette.

Thomas écouta les explications sur les ruines d'un temple trouvé en forêt d'Halatte ainsi que sur les *ex-voto*, ces petites statuettes disposées tout autour d'eux dans la salle et utilisées dans l'antiquité pour prier certains dieux de guérir les parties du corps représentées. Des projecteurs s'allumèrent au fur et à mesure du film afin d'illustrer les propos du narrateur, désignant les *ex-voto* qui correspondaient aux explications.

Lorsque l'enregistrement fut terminé, Thomas demanda à faire un second tour de la salle dans le but de regarder à nouveau les statuettes. Il commenta avec un réel enthousiasme ce qu'il voyait, montrant ainsi qu'il avait bien écouté le film.

Ils se dirigèrent enfin sur leur droite pour rejoindre le premier étage. Dans les escaliers ils découvrirent de magnifiques statues qui représentaient des *Fables* de La Fontaine. Thomas les regarda avec un certain intérêt.

33

Ils pénétrèrent enfin dans la dernière partie du musée : une galerie de peintures. La première salle rassemblait les œuvres les plus anciennes de la collection et dataient du XVIIe siècle. Elle était presque uniquement dédiée au peintre Thomas Couture, un grand nom de la ville de Senlis. Thomas resta bouche bée devant ses tableaux qui semblaient si réels. On aurait en effet pu se croire en face de vraies photographies tant l'art du peintre était abouti. On y voyait tantôt des nonnes qui se rendaient à l'office, tantôt une mère qui laissait son petit dans un orphelinat, s'en allant en pleurant.

Thomas se sentit légèrement mal à l'aise devant ce dernier tableau après que Pierre lui en eut dit le titre. Il passa rapidement aux suivants, cachant tant bien que mal son embarras et espérant que ce qu'il avait vu sur la peinture n'était pas le reflet de ce qui lui était arrivé.

— Est-ce que ça va, Thomas ? demanda Pierre.

— Oui, ça va, Pierre, dit le garçon en souriant.

Thomas regarda avec un grand sourire le tableau suivant, se demandant tout de même si ses parents l'avaient également abandonné à cause d'un quelconque problème d'argent. Il ne s'était jamais interrogé sur les raisons pour lesquelles il était à l'orphelinat. Et il n'avait jamais demandé non plus à ses camarades pourquoi ils y étaient eux aussi. Il s'était simplement imaginé que ses parents l'avaient perdu quelque part et qu'ils n'avaient pas réussi à le retrouver…

Mais il se rassura rapidement. Les policiers qu'il avait vus quelques jours plus tôt lorsqu'il s'était réveillé chez Pierre allaient les retrouver et il était sûr qu'ils seraient heureux de le revoir. Ils étaient sûrement en train de le chercher partout depuis tout ce temps…

L'inquiétude de Thomas finit par se dissiper lorsqu'ils entrèrent dans le second espace de la galerie composé de toiles plus récentes et représentant des scènes de la vie quotidienne ou des instants festifs. De l'art naïf comme on l'appelait, dont certains avaient été réalisés par Séraphine Louis, une peintre autodidacte qui avait laissé son empreinte dans la ville.

— Alors, Thomas, qu'en penses-tu ? demanda Pierre en se baissant légèrement pour mettre son visage à hauteur du sien.

— Je préférais ceux d'avant, répondit-il d'une voix basse. Ils sont plus beaux.

— Sur ce point je ne te contredirai pas, rit Pierre. Moi aussi je préfère les premiers tableaux. Mais il y a des personnes qui aiment ceux-là.

Thomas eut une petite moue dubitative et Pierre sourit davantage.

Leur visite terminée, ils retournèrent au rez-de-chaussée et Pierre proposa d'acheter quelques cartes postales en souvenir. Thomas fut ravi de pouvoir choisir lui-même les siennes : le socle en bronze de l'empereur Claude, les ruines du sous-sol, des *ex-voto* et l'un des tableaux exposés à l'étage.

En sortant du musée, Thomas commentait encore ce qu'il avait vu dans les sous-sols. Les vestiges des fondations de la ville lui avaient réellement fait très forte impression. Pierre se promit d'inclure une scène au milieu de ce genre de décor au cours de son roman.

Colette reprit son rôle de guide à travers les rues pavées du centre-ville en leur montrant les statues, les gargouilles et les anciennes enseignes de pierre ou de bois. Elles indiquaient les commerces qui se trouvaient autrefois à la place des maisons.

Après environ un quart d'heure de marche dans les vieilles rues, ils arrivèrent près de l'obélisque qui rendait hommage à l'ancien roi Hugues Capet. Ils traversèrent quelques passages piétons et avancèrent enfin sur une petite allée bétonnée pour arriver devant une grille fermée.

34

Pierre sourit alors que Colette s'arrêtait devant l'entrée, se tournant vers Thomas. Celui-ci semblait de plus en plus excité, comprenant qu'ils venaient d'arriver près d'un lieu un peu spécial.

— Comme promis, puisque tu as bien écouté tout ce que j'ai dit, je vais te montrer une surprise. Nous allons visiter les arènes de Senlis, dit Colette.

— Super ! s'enthousiasma Thomas.

Pierre et Colette sourirent devant la joie manifeste du garçon. La guide ouvrit la grille puis fit entrer Thomas et Pierre à sa suite. Puis elle referma derrière eux et ils avancèrent tranquillement au centre de l'allée recouverte d'herbes rases. Sur ses côtés se dressaient à intermittences égales quelques restes de colonnes et des arbres. Derrière de fins grillages, ils purent admirer les maisons bien plus modernes et leurs jardins joliment entretenus, toutes ces pelouses privées contrastant d'une bien amusante manière avec les herbes folles du sentier.

Après une minute de marche, ils arrivèrent en vue des vestiges. Lorsqu'ils entrèrent enfin au sein des anciennes arènes, Thomas ne put retenir un cri de joie.

— Alors, qu'est-ce que tu en penses ? demanda Colette.

— C'est super !

— Autrefois, les gens venaient voir des spectacles ici. Ils s'asseyaient sur les gradins en pierre ou en bois. Certains restaient debout. On y jouait des pièces de théâtre par exemple. Tout le monde pouvait entendre parfaitement grâce à la forme de l’arène et à la façon dont elle a été construite. Aujourd’hui encore, si tu te mettais à l’autre bout du terrain, je t’entendrais très bien me parler.

— Et il n’y avait que des pièces de théâtre ?

— Non. On pouvait également voir des combats de gladiateurs ou encore d’animaux exotiques. Les gens aimaient bien regarder des animaux comme les lions se battre. Ils n’avaient pas l’habitude d’en voir, alors ils observaient avec intérêt.

— Et c’est quoi tous les trous qu’il y a là où il y a des barreaux ?

— Viens, je vais te montrer.

Ils s’approchèrent d’un grillage et Thomas put voir que, de part et d’autre de l’arène, se trouvaient des alcôves vides.

— Avant, dans ces niches, il y avait des statues des dieux romains. D’un côté les dieux les plus sérieux et de l’autre, les dieux des jeux et du plaisir.

Colette donna à Thomas quelques informations sur la manière dont les spectateurs étaient installés sur les gradins afin de suivre les divertissements : les plus riches en bas, bien assis pour profiter de toutes les meilleures conditions possibles, tandis que les aristocrates locaux et l’armée se situaient juste derrière. Puis venaient les habitants qui avaient assez d’argent pour se payer des esclaves. Et, tout en haut, les femmes se tenaient debout. Colette montra quelques images de gladiateurs de l’époque et expliqua pourquoi ils étaient vêtus de la sorte.

Puis, Thomas demanda s’il pouvait jouer dans l’arène avec son ours en peluche avant de partir. Pierre et Colette acceptèrent, à la condition bien évidemment qu’il fasse attention à ne surtout pas se blesser. Il montra donc l’arène à son ours et Colette en profita pour se tourner vers son ami.

— Dis-moi, tu ne m’as toujours pas expliqué qui est ce petit garçon, ni comment tu l’as rencontré.

— C’est digne d’un roman, sourit Pierre. Je l’ai trouvé sur

le pas de ma porte, lundi matin à mon réveil. D'après ce qu'il m'a dit, il rechercherait ses parents. J'ai appelé la police et en attendant qu'ils aient retrouvé sa famille, ils ont accepté qu'il reste avec moi.

— C'est lui qui t'a redonné l'inspiration, n'est-ce pas ?

Pierre acquiesça.

— Le premier soir, il m'a demandé de lui raconter une histoire. Je ne pensais pas être capable d'inventer quelque chose aussi facilement et finalement, les idées sont revenues d'elles-mêmes. Depuis quelques jours, j'écris les aventures que je lui raconte en les mettant bien en forme, en les développant. J'ai l'impression de m'être retrouvé.

— Pierre ! Regarde ! s'écria Thomas, se faufilant derrière de vieux escaliers à moitié déterrés.

— Fais attention surtout !

— T'inquiète pas ! rit l'enfant.

Pierre sourit en regardant Thomas jouer à se prendre pour un lutteur en train de se cacher des fauves affamés qui menaçaient de l'attaquer Ce malgré les explications prodiguées par Colette quelques instants plus tôt au sujet des animaux qui ne combattaient pas les humains dans les arènes.

Les fausses idées sont parfois très dures à déloger, comme les mauvaises herbes, s'amusa intérieurement Pierre.

L'écrivain en profita pour photographier Thomas en plein jeu et ce fut à cet instant seulement qu'il remarqua le regard inquiet de Colette posé sur lui.

— Qu'est-ce qu'il y a ?

— Tu es très attaché à lui, murmura-t-elle de manière que Thomas ne puisse pas l'entendre.

Pierre ne put guère s'y tromper. Ce n'était pas là une question, mais bien une constatation. Il se détourna de Colette, son sourire ayant disparu.

Oui, il s'était attaché à Thomas. Et il savait exactement où son amie voulait en venir. Or il n'avait guère envie d'aborder ce sujet. Il souhaitait tout simplement profiter de ces instants et regarder Thomas croquer la vie.

— Tu ne devrais pas t'y attacher autant. Quand il retrouvera ses parents c'est toi qui souffriras le plus. Et puis, il ne sera jamais…

— Je sais tout ça, répliqua Pierre plus sèchement qu'il ne l'aurait voulu.

Pierre ferma les yeux et prit une profonde inspiration avant de regarder de nouveau Thomas. Il faisait le tour des arènes, saluant son public imaginaire après avoir réussi à terrasser le monstrueux lion.

— Je sais tout ça, Colette, dit-il plus calmement. Mais il a surtout besoin d'être rassuré et de se sentir en confiance avec quelqu'un pour le moment. Je ne peux pas lui refuser cela. Ce n'est qu'un enfant.

— J'espère juste qu'après son départ, tu ne te renfermeras pas autant. Ça me manque de discuter avec toi.

— Oui. Je crois qu'à moi aussi le monde extérieur manque un peu. Je sens que je commence seulement à accepter tout ce qui s'est passé.

Après quelques minutes supplémentaires, ils quittèrent les lieux et Pierre proposa de prendre un bon goûter. Thomas fut ravi et Colette accepta avec plaisir son invitation. Ils retournèrent en centre-ville et s'arrêtèrent à la terrasse d'une crêperie bretonne, tout près du parvis de la cathédrale.

Thomas se régala d'une crêpe au chocolat, tandis que Colette et Pierre prirent un ensemble comprenant crêpe et glace. Ils commandèrent également trois *Breizh Cola* et discutèrent de leurs visites en riant. Thomas paraissait aussi enthousiaste qu'au début de la journée. Cela donna quelques idées à Pierre pour l'histoire qu'il lui raconterait le soir venu.

Une fois leur goûter terminé, Colette prit congé.

— Prend bien soin de toi, Pierre, et ne reste plus cinq ans sans m'appeler, d'accord ? dit-elle en le serrant dans ses bras.

— Je te le promets, dit Pierre en souriant.

— Au revoir, Thomas. Ça a été un plaisir de rencontrer un petit garçon aussi curieux que toi.

— Merci !

Une fois Colette repartie, ils retournèrent tranquillement à la voiture. Malgré la joie éprouvée par Thomas au cours de la promenade, Pierre ne doutait pas du plaisir qu'il prenait à être enfin assis sur le confortable rehausseur.

Après quelques minutes, ils arrivèrent à la maison.

Pierre proposa à Thomas de prendre un bain afin de se détendre et celui-ci accepta d'un grand sourire. Pierre fit couler l'eau, vérifia qu'elle n'était pas trop chaude, et quand tout fut prêt, il appela Thomas qui se précipita dans la salle de bains.

— Et n'oublie pas de bien te laver les cheveux également, d'accord ?

— D'accord, grimaça Thomas.

— Attention, je viendrai vérifier.

Pierre le laissa seul pour qu'il se déshabille et rentre dans l'eau. Il alla à son bureau prendre quelques notes au sujet des idées nées de cette belle journée et qu'il ne voulait surtout pas oublier. Puis, il passa par la chambre de Thomas pour prendre son pyjama et retourna à ses côtés. Il déposa la tenue propre dans la salle d'eau et prit les vêtements de la journée pour les mettre dans le cellier.

Lorsque Thomas fut lavé et qu'il eut joué un peu dans son bain, il en sortit sous la surveillance de Pierre. Une fois sec et habillé, il le rejoignit dans son bureau.

— La journée t'a plu ?

— Oh oui ! C'était super ! Et j'ai bien aimé quand on était dans l'arène.

— Je suis content que tu te sois bien amusé, sourit Pierre.

35

Aux alentours de 21 heures, lorsqu'ils eurent fini de dîner, Pierre emmena Thomas se coucher. Comme l'enfant en avait pris l'habitude depuis quelques jours, il lui demanda une histoire et Pierre sourit, prêt à répondre à sa demande alors qu'il serrait toujours son ours dans ses bras.

Pierre reprit là où il s'était arrêté.

— Notre jeune apprenti chevalier était toujours à la poursuite des soldats adverses qui détenaient la princesse Mira en otage. Après plusieurs jours d'une course incessante, Thomas arriva dans un village dont les habitants semblaient s'amuser. De grandes banderoles accrochées aux toits des maisons flottaient sous la brise légère. Des gens de toutes sortes jouaient de la musique dans la rue ou bien réalisaient devant les passants leurs acrobaties plus impressionnantes les unes que les autres. Thomas n'avait jamais rien vu de tel ! Mais alors qu'il observait ces scènes, émerveillé, il était bien loin de se douter qu'on l'attendait. Cachés au milieu des ombres, des hommes le surveillaient alors qu'il s'avançait dans les rues bondées. Il ne put rien faire lorsque quatre soldats l'arrêtèrent. Le jeune garçon se disait qu'il devait s'agir d'un simple malentendu et qu'il pourrait s'expliquer. De plus, il ne voulait aucunement créer le moindre problème aux gens du village. Thomas décida de suivre les gardes sans protester pour qu'ils l'amènent à leur chef. Malheureusement, ce ne fut pas là qu'on le mena, mais directement en prison. Les soldats l'enfermèrent sans un seul mot d'explication dans l'une des cellules des arènes de la ville. En voyant d'autres hommes enfermés, Thomas comprit rapidement que, avant de pouvoir découvrir les raisons de son arrestation, il allait devoir combattre dans l'arène…

Le sourire de Thomas s'agrandit lorsqu'il comprit que leur héros allait devoir défendre sa vie au prix de mille dangers. Il imaginait le jeune chevalier accomplissant maintes prouesses dans une gigantesque arène encore plus impressionnante que celle qu'il avait visitée le jour même.

De son côté, Pierre fut ravi de constater qu'il avait de nouveau une excellente idée d'aventure et qu'elle passionnait son jeune invité…

Vendredi

36

Lorsque Pierre cessa de pianoter sur les touches de son ordinateur, il était 9 heures. Le cinquième jour de la présence de Thomas dans sa vie commençait. La veille, en se couchant, il avait repensé à la discussion qu'il avait eue avec Colette à son sujet.

Pierre l'avait repoussée pour pouvoir s'endormir, mais désormais, cela lui revenait comme une claque. Il savait que la séparation viendrait tôt ou tard et que ce serait difficile à supporter. Voir Thomas partir serait une nouvelle déchirure, mais il ne pouvait plus l'éviter.

Peut-être aurait-il dû laisser ces deux policiers l'emmener lorsqu'ils étaient venus. Tout aurait été beaucoup plus simple ainsi pour lui.

Mais cette pensée quitta Pierre dès qu'il vit Thomas entrer dans son bureau en se frottant les yeux. Il ne put réprimer un sourire doux en le regardant s'approcher et ses sombres pensées s'enfuirent. Peu importaient les futures blessures pour le moment. Tout ce qui comptait, c'était de rendre Thomas heureux pendant son séjour chez lui. Et puis, la séparation serait bien moins douloureuse que celle subie avec sa femme et son fils. Il pouvait s'y préparer et ce départ serait heureux puisque le petit garçon retrouverait ses parents…

— Tu écris encore, Pierre ?

— Oui, confirma-t-il. Qu'est-ce que tu fais déjà debout ? Tu n'es pas fatigué ?

— J'ai senti quelqu'un caresser mes cheveux. Mais quand j'ai ouvert les yeux, il y avait personne.

Pierre sourit en sauvegardant son travail et éteignit son ordinateur. Il comprenait l'air étonné de Thomas. Il lui était déjà arrivé également de ressentir ce genre de chose, cette impression étrange mais apaisante que quelqu'un vous caressait les cheveux ou bien vous déposait un baiser sur une joue… Mais en vous réveillant, il n'y avait personne…

— Ce n'était qu'un rêve, dit-il, se penchant vers Thomas.

— Mais, je l'ai vraiment senti, tu sais.

— Je sais. Mais parfois, les rêves semblent si réels qu'on a comme l'impression qu'ils ont vraiment eu lieu. Allez, viens. Je vais te préparer ton petit-déjeuner.

Thomas acquiesça et Pierre sut qu'il n'avait pas totalement réussi à le convaincre. Il lui faudrait encore un peu de temps pour tout comprendre. Ou au moins pour comprendre davantage ce qui l'entourait. Après tout, les adultes eux-mêmes ne parvenaient pas à comprendre tout ce qui se trouvait dans leur monde…

Ils descendirent jusqu'à la cuisine et une nouvelle idée traversa l'esprit de Pierre. Il songea qu'il allait de nouveau faire passer une bonne journée à Thomas.

Pierre servit au garçon une grande tasse de lait et des gâteaux avant de s'asseoir face à lui.

— Tu as déjà mangé, Pierre ? demanda Thomas en voyant qu'il ne déjeunait pas.

— Oui. Je me suis levé très tôt ce matin. Dis-moi, est-ce que tu es déjà allé voir le château de Chantilly ?

— Chantilly ? Comme la crème qu'on met sur les glaces ?

— Oui, rit Pierre. Alors, est-ce que tu es déjà allé là-bas ?

— Non.

— Tu aimerais y aller ?

— Oh oui ! On y va aujourd'hui ?

— Oui, confirma Pierre en souriant.

— Est-ce qu'ils vendent des glaces ?

— Oh oui ! Et tu pourras même en avoir une très grosse, si tu veux ! dit Pierre en se penchant vers le petit garçon.

— Super !

Pierre rit devant l'enthousiasme de Thomas puis le regarda manger avec appétit son petit-déjeuner. Lorsqu'ils furent enfin habillés, Pierre prépara un pique-nique et le glissa dans un sac à dos, puis ils allèrent rapidement à la voiture. Cette fois, Thomas décida de laisser sa peluche à la maison.

— Il va rester jouer avec Zach, expliqua Thomas alors que Pierre s'en étonnait.

L'écrivain s'immobilisa, son sang figé dans ses veines.

— Zach ? demanda-t-il d'une voix blanche.

— Oui. Je lui ai montré mon ours et je lui ai dit que je lui prêterais aujourd'hui. Il l'aime bien lui aussi.

— Qui est Zach exactement ?

— C'est mon copain. Il est souvent avec nous quand tu me racontes des histoires. Il aime bien les écouter.

Pierre s'accroupit devant Thomas.

Son cœur battait la chamade.

Ça ne pouvait être qu'une coïncidence… Il ne pouvait pas y croire…

Oui, il se trompait forcément…

Et puis… Il y avait beaucoup d'enfants qui s'inventaient la présence d'amis imaginaires lorsqu'ils étaient seuls… C'était probablement le cas de Thomas. Donc, rien de grave, rien de dangereux pour l'enfant. Pourtant, Pierre ne put se retenir de poser la question qui le taraudait.

— Ça fait longtemps que tu le connais ?

Thomas acquiesça vivement et Pierre fut quelque peu soulagé malgré tout. L'idée que le fantôme de son fils puisse être là avec lui le perturbait… Il ne croyait pas en une autre vie ou au paradis. Lorsqu'il avait dit à Thomas que sa femme et son fils étaient avec les anges, il avait prononcé ces mots comme on utilise une expression… Mais si les fantômes existaient, il ne voulait pas voir son fils ainsi, comme une ombre invisible bloquée dans ce monde à cause de sa tristesse.

— C'est pas bien ? s'inquiéta Thomas.

Pierre sourit tendrement tout en ébouriffant les cheveux de Thomas pour le rassurer.

— Si, c'est bien. Tu as un ami. Et il a l'air gentil.

— Alors, je peux continuer à lui parler ?

— Bien sûr. Et ton ami pourra aussi continuer à m'écouter raconter des histoires s'il le veut.

Thomas sourit, clairement soulagé, et ils montèrent en voiture.

Pierre s'attacha et se morigéna intérieurement. Il se souvenait vaguement avoir eu un ami imaginaire au même âge, lui aussi. Cela avait disparu lorsqu'il était entré à l'école primaire et qu'il s'était fait de vrais copains de jeux. Thomas était dans le même cas, voilà tout. Et le fait qu'il ait choisi Zach comme prénom pour son ami n'était qu'une coïncidence.

Il respira profondément et s'obligea à laisser cette idée de côté. Pierre passait la journée avec Thomas et avait promis de lui montrer un endroit magnifique.

Il prit donc la route pour se rendre dans la ville du cheval.

37

Environ une vingtaine de minutes plus tard, la voiture roulait sur des pierres en approchant du château. Le petit garçon se mit à rigoler et faire de longs « Ah » qui sursautaient alors qu'ils roulaient sur les pavés.

— Regarde, Thomas ! dit Pierre lorsqu'ils arrivèrent.

Thomas s'extasia et garda les yeux fixés sur ce bel édifice le temps que Pierre ait payé l'entrée du parking et garé la voiture à l'ombre de quelques arbres afin d'éviter que l'intérieur soit brûlant lorsqu'ils reviendraient. L'écrivain posa le ticket derrière le pare-brise et sortit de la voiture.

Thomas descendit à son tour, encore plus excité qu'à leur départ. Il prit la main de Pierre et ils traversèrent le petit parking et la route pour arriver sur le chemin de pierres menant à la grille du domaine. Le soleil au rendez-vous, comme prévu, promettait ainsi une balade inoubliable.

Ils se mirent dans la file d'attente pour prendre leurs billets et lorsque ce fut leur tour, Pierre demanda une place adulte et une place enfant pour le château mais aussi le parc. Lorsqu'il eut payé, la guichetière lui rendit sa carte et lui donna un plan ainsi que deux tickets où apparaissait une photo du domaine.

— Je vous souhaite une très bonne visite à tous les deux, dit-elle avec le sourire.

— Merci, bonne journée.

Pierre reprit la main de Thomas et ils quittèrent l'accueil.

Ils passèrent un point de contrôle où un agent vérifia leurs tickets puis en découpa un morceau avant de les laisser avancer vers le château. Le vigile leur souhaita aussi une agréable promenade. Les visiteurs se mirent au centre de l'allée pavée et prirent la direction de l'ancienne demeure royale.

Thomas regardait tout autour de lui, aussi émerveillé qu'il l'avait été lors de sa découverte du musée du Bourget. Pierre se souvint avoir lu que beaucoup de personnes étaient dans le même cas que lui lorsqu'ils venaient pour la première fois sur le domaine de Chantilly. Les gens qui venaient dans l'Oise ne s'attendaient guère à trouver un lieu aussi magnifique loin des palais si célèbres de Paris.

Nixon lui-même n'avait pu retenir son émerveillement à sa première apparition dans la ville du cheval. « *Pourquoi m'a-t-on emmené sept fois à Versailles et jamais encore ici ?* » aurait demandé l'ancien Président des États-Unis d'Amérique.

Cela voulait tout dire.

Versailles pouvait en effet être un lieu magnifique à visiter, mais Chantilly avait sa propre beauté et une personnalité bien à elle, fondée au fil des siècles. Le complexe avait été bâti sur des marécages asséchés, puis d'autres constructions s'étaient succédé. Le superbe bâtiment qui s'étendait désormais devant eux était le dixième château de Chantilly et avait été construit entre les XVIe et XIXe siècles.

— Nous allons commencer par tout l'intérieur du château, dit Pierre. Ensuite, nous irons visiter le parc.

Thomas acquiesça, tout sourire et ils prirent un chemin sur leur gauche pour arriver dans la cour intérieure. Pierre montra à l'enfant une impressionnante statue représentant Louis XIV écrasant la Fronde. Il expliqua en quelques mots bien choisis et aussi simples que possible de quoi il s'agissait. Thomas parut assez attristé pour l'ancien roi en sachant qu'il avait eu à tant s'inquiéter pour sa sécurité alors qu'il était si jeune.

Enfin, ils entrèrent dans le château lui-même et tendirent à nouveau leurs billets à un vigile qui en déchira un autre bout pour qu'ils puissent commencer leur visite.

Contrairement à d'autres musées, ils entrèrent par la boutique de souvenirs. Pierre promit à Thomas de revenir à la fin de leur promenade et ils se rendirent à droite de la caisse pour rejoindre les anciennes zones d'habitation à visiter. Ils découvrirent deux grandes statues d'animaux : l'une représentait un loup et l'autre un sanglier. Leur taille ainsi que leur grand réalisme impressionnèrent Thomas.

Ils montèrent l'escalier puis arrivèrent au premier étage du palais. Sur les murs, pendant leur ascension, ils avaient admiré un certain nombre de vieilles tapisseries et d'autres statues. Lorsqu'ils furent enfin sur la dernière marche, Pierre emmena d'abord Thomas admirer la chapelle. Elle se constituait d'un immense autel situé en son centre et de boiseries superbement conservées. Derrière se trouvait une autre petite salle décorée de superbes statues.

En quittant cette salle, ils se dirigèrent vers l'autre côté de l'escalier où ils prirent à gauche pour entrer dans le cabinet de lecture. La première pièce était emplie d'objets anciens et ses murs exposaient plusieurs tableaux représentant des scènes de chasse mais aussi des têtes de cerfs, trophées inanimés depuis longtemps gagnés par les propriétaires du domaine.

Ils pénétrèrent ensuite dans la seconde salle du cabinet où cette fois les murs étaient cachés par d'innombrables étagères de livres anciens aux couvertures reliées de dorures. Des fauteuils richement brodés et marquetés encore présents devaient permettre aux visiteurs de l'ancien temps de profiter des merveilleux ouvrages de la collection.

Pierre aurait payé cher pour avoir l'occasion de s'installer dans un de ces sièges et de lire l'un d'eux. Il s'imaginait parfois découvrant un livre rare et caressant ses pages anciennes et parcheminées avec délicatesse, appréciant chaque son émis en tournant les pages…

Revenant à l'instant présent, Pierre fit un geste vers le plafond et Thomas souffla un « oh » d'admiration en découvrant ses décorations finement réalisées. Tout semblait fait pour attirer l'attention du visiteur.

Le parquet craqua un peu sous leurs pieds lorsqu'ils quittèrent le cabinet de lecture, inquiétant le garçon. Mais l'écrivain le rassura : le sol ne risquait pas de se dérober sous ses pieds, il était extrêmement solide.

La pièce suivante offrit à admirer d'autres très belles tapisseries ainsi qu'un impressionnant mobilier ancien. De grands chandeliers éclairaient la pièce d'une lumière tamisée pour ne pas abîmer les œuvres anciennes. Ils venaient d'entrer dans la Galerie des Cerfs, ainsi nommée à cause du grand nombre de trophées accrochés aux murs, et qui servait de salle à manger au Duc d'Aumale aux environs de 1880.

Pierre emmena Thomas sur leur droite et ils passèrent une petite porte qui leur permettait de reprendre le bon sens de visite avant d'arriver dans l'espace qu'il aimait le plus. Mais en attendant d'y parvenir, ils parcoururent un nouveau couloir où se trouvaient des vaisseliers et leur contenu. Suivait le Logis, un ensemble de pièces qui servaient autrefois d'appartements au Comte de Paris. On y exposait désormais une partie de la collection du Duc d'Aumale ainsi que des toiles de Maîtres et d'autres magnifiques objets.

Ils marchèrent tout au long d'un nouveau couloir en regardant les tableaux accrochés. À gauche, un corridor secondaire un peu plus étroit contenait d'autres peintures et des étagères présentant divers objets d'une grande finesse tels que des représentations du Christ sur la croix ou des bas-reliefs.

Pierre ramena Thomas dans le couloir principal et ils poursuivirent leur chemin jusqu'à arriver à une salle plus petite où se trouvaient des portraits représentant le Duc d'Aumale et sa famille. Dans la pièce suivante, le petit garçon demeura muet d'admiration. Au centre se trouvait un vase fièrement entouré de statuettes protégées dans une vitrine. Les murs avaient été couverts de tableaux et de représentations d'angelots.

En sortant par leur gauche, ils arrivèrent dans une nouvelle salle où étaient aussi exposés de nombreux objets tels que des vases et des statuettes. Pierre profita de l'une des fenêtres ouvertes afin de donner à Thomas un bref aperçu de l'extérieur du domaine. Il admira avec enthousiasme les jardins français créés par Le Nôtre.

— On pourra y aller, après ? demanda-t-il.

— Oui, c'est prévu. Et il y a aussi deux autres parties dans les jardins. Tu verras, c'est magnifique. On continue ?

Thomas acquiesça et ils se rendirent dans une nouvelle galerie de tableaux. Il leur fallut plusieurs minutes pour admirer l'ensemble des œuvres avant de continuer leur parcours. Dans cette nouvelle zone trônait une statue blanche qui représentait une femme vêtue d'une magnifique robe. Tout autour se trouvaient des vitrines de vaisselle en porcelaine et de dentelle de Chantilly. Elle avait la particularité d'être noire et que ses fils n'aient pas la même forme que pour une dentelle normale.

Pierre et Thomas poursuivirent le chemin, traversant deux autres pièces où étaient exposés un grand nombre de tableaux et de meubles d'époque. Ils arrivèrent à la petite salle des portraits où des rois et d'autres personnages nobles se côtoyaient. Thomas s'amusa en constatant qu'ils avaient tous des airs extrêmement sérieux, voire très sévères. Pierre lui expliqua qu'à l'époque, il fallait prendre beaucoup de temps pour immortaliser quelqu'un en peinture de cette manière, l'appareil photo n'existant pas. La personne devait donc rester immobile pendant plusieurs heures pour que le peintre réalise son œuvre.

— Ça devait être dur de rester sans bouger tout ce temps, dit Thomas.

— Oui, c'est peut-être aussi pour cela qu'ils ont l'air si sévère sur les tableaux.

— Mais sur les autres tableaux qu'on a vus, les gens pouvaient pas rester immobile tout le temps, pas vrai ?

— Non, tu as raison, sourit Pierre. Mais les peintres ne réalisaient pas uniquement des portraits comme ceux-là, tu sais. Il y a aussi des scènes qu'ils imaginaient ou bien qu'ils reproduisaient en fonction de leurs souvenirs.

— J'aime mieux les tableaux qu'ils imaginaient... Mais ils peignaient bien, je trouve.

— Je suis d'accord avec toi, Thomas. Et ce n'est pas fini, il y en a encore plein d'autres, bien plus beaux que ceux-ci, tu verras.

Ils rejoignirent le couloir principal pour se rendre dans une salle tout en longueur : la Galerie des peintures. Elle rassemblait un grand nombre de toiles ou encore de statues inspirées de la mythologie gréco-romaine, dont certaines parmi les plus belles qui puissent exister. Devant eux se dressaient quelques marches qui menaient à une rotonde. Délimitée par quatre piliers de marbre aux sommets desquels se trouvaient les bustes de personnages célèbres, elle possédait une superbe mosaïque réalisée à la mode romaine et mettant en scène une partie de chasse. Au fond se trouvait une magnifique statue de femme agenouillée. Deux demi-piliers supportaient des mosaïques de modeste taille représentant des poissons et des colombes.

Pierre et Thomas redescendirent les marches et avancèrent lentement le long de la galerie. Thomas fut émerveillé par les magnifiques tableaux et Pierre lui prodigua quelques explications sur ceux qu'il connaissait le mieux. Celui qu'il préférait s'intitulait *Les Trois Âges*. La toile présentait une femme assise portant un enfant sur ses genoux, auprès d'un vieillard et d'un homme de son âge.

38

Enfin, Pierre emmena Thomas jusque dans la dernière partie du château ouverte au public, et celle qu'il affectionnait le plus. Ils prirent une sortie sur la gauche de la galerie et le petit garçon ne manqua pas de s'extasier face aux superbes vitraux qui couraient tout le long du couloir où ils venaient d'entrer.

— Que c'est beau ! s'exclama Thomas en voyant les vitres briller sous le soleil, donnant presque vie aux personnages représentés.

Pierre fut ravi que l'endroit lui plaise.

— C'est vrai, c'est magnifique. Est-ce que tu sais que ces vitraux racontent une histoire ?

— C'est vrai ? Et tu la connais ? Tu peux me la raconter ? demanda Thomas en voyant Pierre acquiescer.

Devant le regard brillant, Pierre ne put s'empêcher de sourire et acquiesça à nouveau. Il avait été quasiment certain que Thomas lui demanderait de lui raconter l'histoire contée sur les vitraux à l'instant où il apprendrait qu'ils n'avaient pas été réalisés au hasard.

Pierre fit donc approcher Thomas du premier vitrail.

— Tout ce que je vais te raconter se passait il y a très longtemps. Il s'agit de l'histoire d'une jeune femme d'une grande beauté nommée Psyché. Aucune autre dans tout l'Empire romain n'était plus belle. Pas même ses sœurs. Sa beauté était telle que les gens alentour crurent qu'elle était la déesse Vénus descendue sur Terre. Et au lieu d'adresser des offrandes à la déesse, ils les adressaient à Psyché. Vénus en fut alors très fâchée. Elle décida donc de punir la jeune femme de sa beauté. Vénus demanda à son fils Cupidon de faire quelque chose afin de lui rendre son honneur. Comme il aimait beaucoup sa mère, Cupidon accepta de l'aider à se venger de Psyché. Mais dès qu'il posa le regard sur la belle jeune femme, il en tomba profondément amoureux.

Au fur et à mesure qu'il lui racontait l'histoire, Pierre conduisait Thomas à travers la longue galerie. Il s'amusait à voir le sourire de l'enfant changer de forme selon ses sentiments : s'étirer lorsqu'il était curieux ou s'arrondir d'étonnement…

— Aussitôt, continua-t-il, Cupidon décida de faire de Psyché son épouse sans jamais en parler à sa mère. En apprenant qu'un homme riche et très puissant voulait épouser leur fille, les parents de Psyché se réjouirent et acceptèrent – sans poser de question – de donner leur fille à cet homme dont ils ne savaient rien. Il y avait cependant une condition au mariage, car Cupidon ne devait surtout pas être découvert, que ce soit par des humains ou par les dieux : jamais Psyché n'aurait le droit de voir le visage de son époux. Psyché accepta cette curieuse requête et partit vivre chez son mari dans un lieu magnifique. Mais… ses sœurs étaient jalouses et, lui faisant croire que son époux était un véritable monstre, elles convainquirent Psyché de rompre sa promesse et de le tuer. Écoutant les conseils avisés – ou plutôt qu'elle imaginait comme tels – de ses sœurs, Psyché attendit la nuit, pour que son mari s'endorme. Elle prit un poignard et une chandelle afin de tuer l'effroyable monstre qu'on l'avait forcée à épouser. Mais lorsque Psyché approcha sa chandelle du visage de son compagnon, elle découvrit que ses sœurs lui avaient menti et elle resta un moment à contempler son visage magnifique.

— Alors, ils sont restés mariés ?

— Eh bien, l'histoire n'est pas terminée, malheureusement

pour Psyché, sourit Pierre tout en lui montrant les vitraux suivants. Psyché demeura trop longtemps à observer le visage de son époux, si bien que la cire de la chandelle se mit à fondre. Et une goutte coula sur le bras du dieu, le réveillant. Lorsque Cupidon découvrit que son épouse avait vu son véritable aspect et qu'elle avait rompu sa promesse, il en fut terriblement attristé. Il la renvoya alors chez ses parents et retourna dans le royaume des dieux. Psyché, quant à elle, regrettait amèrement d'avoir suivi le conseil de ses sœurs alors qu'elle avait eu la chance d'être aimée par un dieu. Rapidement, Cupidon tomba gravement malade. Vénus, qui ne savait encore rien de ce qui s'était passé, obligea son fils à lui avouer la vérité. Il était malade de tristesse car il était encore amoureux de Psyché, alors qu'elle avait rompu l'accord passé à leur mariage. Et Cupidon en souffrait terriblement depuis. Malgré sa colère, Vénus accepta de donner une nouvelle chance à Psyché. Elle se rendit dans le monde des mortels et proposa à la jeune femme de retrouver son fils, mais à la condition qu'elle réussisse plusieurs épreuves.

Et Pierre, sous l'admiration de Thomas, lui conta les différentes tâches accomplies par la belle Psyché : le tri des grains, la brebis à la toison d'or ou encore l'eau de la source du Styx et l'expédition chez Proserpine.

— Psyché avait réussi toutes les épreuves que la déesse lui avait imposées. Mais Vénus n'acceptait toujours pas que cette femme mortelle ait le cœur de son fils. Elle lui en voulait encore d'avoir reçu des offrandes à sa place et d'avoir, en plus, blessé Cupidon. Ce fut alors Jupiter, le roi des dieux, qui décida. Contre l'avis de Vénus, il accorda à Psyché de retrouver Cupidon et de demeurer son épouse à jamais. Il rendit Psyché immortelle et les deux amoureux purent se retrouver.

Pierre se rendit compte qu'un certain nombre d'autres personnes avaient écouté toute son histoire en souriant devant les réactions de Thomas. Ce dernier était fortement impressionné par les péripéties de cette nouvelle héroïne et fut heureux que tout se termine bien pour Psyché.

Ils quittèrent le château en repassant par la Salle des Cerfs, pour enfin se retrouver en face des jardins. L'heure étant déjà bien avancée, Pierre proposa de déjeuner. Ils s'assirent sur les marches, dans une zone ombrée pour éviter de rester au soleil pendant leur repas, l'astre chauffant davantage qu'à leur arrivée. Ils profitèrent ainsi d'une vue plongeante sur les jardins français en discutant de leur visite de la matinée. Le château avait fait forte impression à Thomas.

Leurs sandwiches finis, ils mangèrent un paquet de chips à la bolognaise. Les premières bouteilles furent rapidement vidées et Pierre se félicita intérieurement d'en avoir prévu deux autres.

39

Pierre rangea les débris de leur pique-nique dans un plastique qu'il mit dans son sac à dos puis ils entamèrent la visite des espaces extérieurs. Il emmena Thomas sur la gauche et ils commencèrent par la découverte des jardins anglais, principalement composés d'un sous-bois et de grandes plaines. Allant jusqu'à l'ancien Jeu de Paume, Pierre lui montra d'anciennes fontaines, appelées les Fontaines de Beauvais. Ils prirent ensuite un chemin qui les mena sur l'Île Amour pour admirer la statue d'Éros qui s'y trouvait. Puis, ils poursuivirent jusqu'au Temple de Vénus en passant sur le Pont des Grands Hommes.

Ils revinrent au centre du parc pour se promener au milieu des pièces d'eau des jardins français parmi lesquelles avaient été semées quelques statues. Ils purent profiter d'une brise légère au milieu des allées planes qui faisaient face au château. Se promener sous le soleil se révélait bien plus agréable lorsqu'un peu de vent vous rafraîchissait doucement, comme une caresse prodiguée pour vous réveiller.

Cependant, Pierre vit rapidement que Thomas commençait à fatiguer. Son allure avait quelque peu ralenti, même s'il faisait tout son possible pour qu'il ne le remarque pas.

— Ça va ? demanda Pierre.

— J'ai mal aux pieds, grimaça Thomas.

— Attends, j'ai une idée.

Pierre souleva Thomas et, avec une incroyable habileté, le mit sur ses épaules, provoquant les rires de joie et de surprise du petit garçon. Ainsi posté, l'enfant voyait aussi loin qu'un Indien sur son cheval. C'était en tout cas ce qu'il s'imaginait avec plaisir, ainsi perché sur les puissantes épaules du romancier. Thomas s'accrocha à la tête de l'homme qui lui tenait les jambes fermement, mais avec douceur.

— Alors, tu es bien là-haut ?

— C'est génial ! s'exclama Thomas.

— Tu es bien accroché ?

— Oui !

— Alors, je vais te montrer quelque chose. Tu vas adorer.

— C'est quoi ?

— Ah ah ! C'est une surprise, répondit-il malicieusement.

Pierre retourna en direction du château mais au lieu de remonter les marches, il prit sur leur gauche et emprunta l'Allée des Philosophes. Tenant toujours Thomas sur ses épaules, ses mains serrant doucement les fines jambes, Pierre marcha près d'un ruisseau, jusqu'à un pont qui l'enjambait en direction du Hameau.

Pierre éprouva une sensation qui le surprit, comme un sentiment de félicité qui irradiait du garçon et l'envahissait à son tour. C'était étrange de porter ainsi Thomas, alors qu'il ne le connaissait pas une semaine plus tôt, comme il portait son fils lors de leurs promenades… Il était aussi léger, aussi émerveillé par tout ce qu'il découvrait…

Et pourtant, ça n'était pas Zach…

Il ne serait jamais Zach…

Pierre se rendit compte qu'avoir Thomas près de lui le perturbait. La pensée de son fils décédé semblait l'accompagner constamment, bien qu'il tentât en même temps de ne pas trop penser à lui… Pierre s'en voulait de réagir ainsi… De n'être à la fois pas totalement présent pour Thomas et d'essayer – en vain – de ne pas penser à Zach…

Il se secoua mentalement.

Pierre était avec Thomas, un petit garçon qui avait besoin d'un contact simple et chaleureux, comme il l'aurait eu avec ses parents. Thomas s'amusait comme un fou et Pierre devait se montrer à la hauteur afin de continuer à lui faire passer du bon temps.

Pierre poursuivit son chemin, résolu à rendre cette journée exceptionnelle pour celui qui était bien physiquement avec lui en cet instant. Ils arrivèrent finalement aux maisons à colombages.

— Ouah ! C'est chouette ! s'exclama Thomas.

Il y avait face à eux plusieurs bâtiments, dont un moulin à eau. Pierre avait toujours préféré cet endroit du parc de Chantilly. C'était le plus sobre et de très loin le plus calme. Mais il y avait un autre endroit bien plus étonnant tout près qu'il voulait absolument lui faire découvrir. Alors, lorsqu'ils eurent fait le tour des maisonnettes, ils prirent un autre chemin.

— Où on va maintenant ? demanda Thomas.

— Tu vas voir. Je suis sûr que ça va te plaire.

Pierre retourna vers le pont qu'ils avaient passé pour entrer dans le Hameau mais prit sur sa droite. Ils s'enfoncèrent dans les sous-bois et marchèrent une petite minute avant d'arriver dans une clairière. Face à eux se trouvait une sorte d'amas de pierre couvert de fleurs.

En s'approchant un peu plus, ils purent voir des marches taillées dans d'imposants rochers entourés d'un cercle d'eau. L'écrivain se souvenait parfaitement de tous les instants qu'il y avait passés, à déambuler entre ces arbres, sans forcément penser à quoi que ce soit. Tout simplement pour se promener et s'imprégner de ce calme, de cette beauté semblant si naturelle et pourtant apportée par l'Homme…

— Oh ! souffla Thomas. Ce que c'est beau !

Pierre sourit à ce murmure d'admiration de Thomas. Il venait de parler d'une voix basse, comme s'il s'était trouvé dans une église, craignant de troubler la quiétude de ce lieu magnifique par sa seule voix. Mais pour Pierre, la voix d'un enfant ne pouvait que renforcer la magie qui émanait de cet endroit. Car il n'y aurait rien eu d'étonnant à voir des enfants, et uniquement des enfants, s'amuser ici.

Plus ou moins inconsciemment, Pierre rangea cette pensée dans sa tête, dans le coin « idées pour romans » qu'il avait récemment dépoussiéré, comme un ancien grenier oublié dans lequel on monte après des années d'hésitation.

— Tu veux descendre pour aller sur l'îlot ?

— On peut ?

— Oui.

— Alors, je veux descendre !

Pierre reposa Thomas à terre et ils s'approchèrent du monticule. Un petit chemin de pierres menait au centre de l'amas rocheux, mais l'une d'elles manquait. En riant, Thomas fit un saut afin de rejoindre l'île et courut jusqu'au sommet, passant sous un petit pont de roche qui ressemblait à un siège. Pierre prit des photos, puis ils s'assirent pour boire un peu d'eau et profiter du paysage. Il tendit le bras vers la gauche pour montrer à Thomas l'allée d'eau entourée de buissons.

Ils restèrent assis pendant une demi-heure pour se reposer un peu de leur marche dans cet endroit de rêve que Pierre aimait tout particulièrement. Plus calme encore que le Hameau, presque quasiment personne ne venait troubler la tranquillité de cette zone des jardins anglo-chinois. Et c'était assis sur cet îlot que Pierre avait eu les idées pour son tout premier roman. Cet endroit était donc un peu comme son sanctuaire…

Après quelques instants, ils redescendirent et quittèrent le cercle d'eau pour aller manger une glace en guise de goûter. Le petit restaurant se trouvait dans le jardin du vieux moulin. Ils furent accueillis par une jeune femme qui les installa à une table. Pierre choisit un sorbet du Valois à la crème Chantilly :

trois boules de sorbet – fraise, framboise et cassis – surmontées de crème fouettée maison et décorées d'une fine cigarette russe. Thomas se décida quant à lui pour une coupe de glace au chocolat et à la vanille présentée de la même manière. Il se régala particulièrement avec la crème fouettée qui la surmontait. Ils profitèrent de leur encas au calme sous un beau soleil, Thomas commentant tout ce qu'il avait découvert au cours de la journée.

Après le goûter, ils poussèrent un peu plus avant leur visite et Pierre fut ravi de voir le sourire béat de Thomas en apercevant quelques secondes plus tard les enclos à kangourous. Ils firent le tour de cette petite réserve et Thomas s'amusa grandement à observer ces animaux exotiques qui se déplaçaient en sautillant pour trouver un coin d'ombre.

Enfin, ils retournèrent en direction du château. Remontant les marches face aux jardins français, ils entrèrent à nouveau dans le palais et arrivèrent au point de départ de leur visite : la boutique de souvenirs. Pierre acheta à Thomas le livre racontant l'histoire de la galerie de vitraux ainsi que des figurines de chevaliers, de mages et de dragons qui faisaient briller ses yeux d'envie.

40

Une fois les achats réglés, ils retournèrent à la voiture et ne purent retenir des soupirs de soulagement lorsqu'ils sentirent la fraîcheur conservée par les arbres dans la voiture. Ils rirent tous deux de leurs réactions en s'attachant. Puis, Pierre reprit la route de Senlis.

Cinq minutes plus tard, lorsque Pierre regarda dans son rétroviseur, il sourit en constatant que Thomas s'était endormi. Il n'en fut guère étonné. La journée avait été particulièrement longue et ils avaient marché plusieurs heures. Le petit garçon avait été d'un calme incroyable, attendant même que Pierre se rende compte qu'il avait mal aux pieds pour oser le lui dire.

Pour rentrer, Pierre prit par réflexe un trajet quelque peu différent de celui qu'il avait emprunté pour se rendre à Chantilly. Au lieu de passer par la double voie habituelle, il roulait sur une route serpentant entre les champs et les villages. Soudain, au loin, son regard attentif accrocha une ancienne borne kilométrique brisée. Contrôlant autant que possible les dures émotions qui tentaient de le submerger, Pierre concentra son attention sur l'asphalte, détournant le regard du bas-côté.

Ils arrivèrent à Senlis quelques minutes plus tard et Pierre arrêta la voiture dans l'allée de graviers tandis que la grille se refermait automatiquement derrière lui. Il détacha Thomas en silence et le prit délicatement dans ses bras. Comme lorsqu'il l'avait trouvé, il ne le réveilla pas, mais l'amena cette fois directement dans sa chambre.

Pierre le déposa tendrement sur le lit, lui enleva ses chaussures qu'il posa auprès de la commode. Il tira légèrement un drap jusqu'aux épaules du petit ange endormi.

Pierre sourit en repoussant délicatement une mèche rebelle derrière son oreille afin qu'elle ne dérange pas son sommeil. Ses cheveux étaient incroyablement fins, aussi doux que de la soie. Il dut se sermonner intérieurement pour ne pas lui caresser les cheveux et prendre le risque de le réveiller.

Pierre quitta donc la chambre, laissant la porte légèrement entre-ouverte, et alla s'asseoir dans sa bibliothèque pour profiter du confort de l'un des fauteuils. Il s'y adossa et ferma les yeux en soupirant.

Quelle journée !

Cela faisait longtemps qu'il n'en avait pas passé une aussi bonne.

Cinq ans...

Cela faisait cinq années qu'il n'avait pas vécu une journée semblable. Et cette pensée lui était venue dans la voiture, sur le retour, lorsqu'il avait vu cette pierre brisée sur le bord de la route...

Brisée comme son cœur.

Malgré lui, les souvenirs de ce jour affluèrent. Il se souvenait parfaitement de la voiture blanche qui, à toute allure, les avait dépassés sur la route, au milieu des champs. Il n'y avait pas prêté particulièrement plus attention qu'à un autre automobiliste qui l'aurait doublé un peu vite. De bonne humeur, il chantait avec Catherine et Zach sur des airs de chansons enfantines. *Sur la route de Louviers* passait à cet instant-là...

Il n'avait pas senti le danger...

Le conducteur qui le dépassait alors s'était rabattu trop rapidement, voulant éviter une autre voiture qui s'approchait en sens inverse. Pierre n'avait pas eu le temps de ralentir. Sa voiture avait été poussée sur la droite avant de percuter l'unique borne kilométrique du décor. La puissance du choc avait projeté l'automobile en l'air avant que la gravité terrestre ne la fasse redescendre. Le véhicule avait fait plusieurs tonneaux et Pierre, à cause des chocs à répétition, avait finalement sombré dans l'inconscience.

Pierre s'était réveillé environ un mois plus tard à l'hôpital, dans une chambre stérile et totalement impersonnelle.

Mais sa femme et son fils, eux, n'avaient pas eu la même chance. Ils s'étaient endormis pour toujours.

Roman, son éditeur, était venu lui rendre visite et lui avait appris la terrible nouvelle avant que le médecin n'arrive pour l'examiner. Pierre s'était retrouvé dans une sorte de brouillard d'incompréhension pendant toute la journée suivante. Il avait répondu aux questions des gendarmes de manière mécanique, avec l'impression de ne pas être réellement présent.

Le discours des enquêteurs s'était bien sûr voulu réconfortant. L'accident n'avait pas été de son fait, personne n'aurait eu le temps de réagir à sa place. Le conducteur qui l'avait dépassé s'était d'ailleurs tué quelques mètres plus loin à la suite de la perte de contrôle de son véhicule. La voiture s'était encastrée dans un arbre.

Mais Pierre voyait les choses différemment… S'il n'avait pas chanté, s'il avait été pleinement concentré sur son trajet, il aurait pu réagir… Il en était persuadé, encore en cet instant…

Mais était-ce seulement vrai ?

Et à quoi cela lui servait-il de faire une hypothèse qu'il ne pourrait jamais vérifier ?

Les larmes coulèrent sur ses joues. Pierre ne les retint pas. Il garda les yeux fermés, son torse se soulevant avec difficulté pour reprendre sa respiration sous ses pleurs silencieux.

Il sentit alors une petite main se poser sur son bras et sursauta en ouvrant les yeux.

Au travers des larmes qui embuaient son regard, Pierre vit

Thomas, debout devant lui, ses yeux bleus d'habitude si limpides emplis d'inquiétude.

— Mais pourquoi tu pleures, Pierre ? demanda Thomas de sa voix fluette. T'es triste ?

Pierre acquiesça silencieusement. Alors, sans qu'il s'y attende et avant même qu'il ait esquissé le moindre geste pour l'esquiver, Thomas monta sur ses genoux et ses bras encerclèrent le cou de Pierre, son visage se nichant contre le sien, son petit corps serré contre lui. Le romancier se raidit, ne sachant pas comment réagir.

— Moi je veux pas que tu sois triste, Pierre, dit doucement la voix de l'enfant à son oreille.

Alors, Pierre ne put retenir de nouvelles larmes.

Fermant les yeux, serrant Thomas dans ses bras, il pleura.

Pierre s'était retenu de pleurer pendant cinq ans, pour faire bonne figure devant les si rares personnes qu'il croisait et devant l'immensité vide et silencieuse de cette maison autrefois pleine de rires. Mais à ce moment précis, dans les bras pleins d'amour de Thomas, Pierre put enfin se laisser complètement aller. Car il savait que l'enfant ne le jugerait pas, au contraire des adultes.

Au fur et à mesure que ses larmes de douleur coulaient, libérant toute la tristesse et le désespoir enfermés en lui depuis si longtemps, Pierre se sentait de mieux en mieux. Au bout de quelques minutes – combien exactement, il était incapable de le dire – elles cessèrent et Pierre essuya son visage du dos de sa main.

Thomas s'écarta tout en gardant ses paumes posées sur les épaules de l'homme.

— T'es plus triste, dit ?

— Non, ça va mieux, répondit Pierre avec un léger sourire et la voix tremblante.

C'était en partie vrai. Si la tristesse était toujours présente, elle était désormais plus supportable. Mais il était inutile d'en parler à Thomas.

— Je suis content alors, dit Thomas en souriant à son tour.

Pierre sentit son cœur battre de joie devant le bonheur évident du petit garçon qui lui souriait avec douceur. Mais il ne comprenait pas pourquoi celui-ci devait passer par son propre bonheur à lui, alors que tous deux se connaissaient à peine…

41

Lorsque Thomas se coucha ce soir-là, Pierre vint le border et lui raconter une histoire, comme il en avait pris l'habitude. Mais l'enfant ne cessait de penser à la fin d'après-midi, lorsqu'il s'était réveillé après être revenu de Chantilly… Il avait senti quelqu'un près de lui.

Au départ, il avait cru qu'il s'agissait de Pierre qui le veillait, mais quand il avait ouvert les yeux, Thomas s'était rendu compte qu'il s'était trompé. Son ami Zach était là et, contrairement à leurs rencontres précédentes, il semblait très inquiet. Thomas lui avait demandé ce qui n'allait pas et alors il l'avait guidé silencieusement jusqu'à la bibliothèque.

Lorsque Thomas avait vu le grand corps de Pierre, remué de soubresauts, il n'avait pas mis longtemps à comprendre ce qui se passait. L'inquiétude s'était emparée de son petit cœur devant les pleurs de l'écrivain. Il avait quitté son ami sans un mot et avait rejoint Pierre.

Plusieurs heures après cette découverte, alors que Thomas écoutait la voix chaude de Pierre lui conter la suite des aventures du petit chevalier, il sentait toujours cette tristesse en lui. Celle-ci semblait cependant s'être un peu atténuée et Thomas espérait que c'était grâce à lui.

Dans un coin, Zach était assis au sol, les jambes croisées. Le garçon écoutait silencieusement, comme toujours, ne quittant pas l'adulte des yeux. Thomas soupçonnait que cet enfant que lui seul pouvait apercevoir connaissait très bien Pierre. Il y avait quelque chose de semblable chez ces deux personnes, sans qu'il parvienne vraiment à identifier ce dont il s'agissait.

Petit à petit, les paupières de Thomas se firent plus lourdes et il ferma les yeux, résolu à ne jamais laisser Pierre tout seul. Il était certain que cette solitude lui était douloureuse et il ne voulait plus le voir pleurer. La voix de Pierre se fit lointaine et sans s'en rendre compte, Thomas plongea dans un sommeil peuplé de chevaliers, de créatures fantastiques, de princesses à sauver et d'aventures formidables à vivre…

42

Pierre sourit pour lui-même en voyant les petites lèvres légèrement étirées de Thomas alors qu'il s'était endormi depuis quelques minutes. Il vérifia qu'il était bien couvert et tourna la tête pour regarder l'espace derrière lui. Encore une fois, il s'était senti observé, l'espace d'un moment, pendant qu'il racontait l'histoire du petit chevalier.

Pourtant, la chambre était vide de toute autre présence que la leur.

Pierre soupira, se relevant doucement pour ne pas risquer de réveiller le petit garçon. Épuisé par toutes ses émotions, il rejoignit directement sa chambre sans même penser à prendre des notes sur son récit, pour s'enfoncer dans un sommeil sans rêve.

Juste avant de s'endormir, Pierre crut sentir une main fine et douce lui caresser tendrement la joue. Mais il n'eut pas la force de rouvrir les yeux afin de vérifier ce qu'il savait n'être qu'une illusion…

Samedi

43

Lorsque Pierre se réveilla, il tourna les yeux vers le réveil pour constater qu'il n'était que 6 heures Son regard accrocha alors le plafond blanc de sa chambre. Contrairement aux soirs précédents, il s'était endormi rapidement et sans même écrire, trop épuisé pour penser à quoi que ce soit…

Sa nuit avait été très calme. Aucun rêve, aucun cauchemar n'avait troublé son sommeil. Et à cet instant, Pierre se sentait en pleine forme, n'était cette petite pointe de nostalgie qui lui pinçait légèrement le cœur.

Mais une nouvelle résolution s'était faite en lui.

Pierre ne savait pas combien de temps il lui restait à passer avec Thomas, mais il était hors de question qu'il gâche cette précieuse denrée par sa tristesse. Thomas méritait d'être heureux, de passer de bons moments. Ce n'était pas à l'enfant de réconforter l'adulte pour les pertes qu'il avait connues.

L'écrivain se leva, le pied ferme, pour prendre sa douche. Une fois totalement détendu, il fit son lit et alla s'assurer que Thomas dormait toujours. Il sourit en le voyant aussi paisible que les jours précédents. Rassuré que son accès de peine ne l'ait pas perturbé, il tira doucement la porte et alla dans son bureau pour continuer d'écrire.

Aux alentours de 9 heures, Thomas apparut à la porte. À peine réveillé, il entra en frottant ses yeux encore chargés de rêves. Pierre sourit à nouveau en constatant qu'il avait repris son ours et qu'il le tenait serré contre lui.

— Bonjour, Thomas, dit-il en sauvegardant son travail. Tu as bien dormi ?

— Oui ! Et toi, Pierre ?

— J'ai bien dormi aussi, sourit-il.

Thomas sourit à son tour et Pierre se sentit totalement revigoré. Oui, il avait pris la bonne décision. Thomas ne devait plus un seul instant se douter tout au long de son séjour que la tristesse ne s'était pas totalement effacée.

— Que dirais-tu d'aller prendre ton petit-déjeuner ailleurs, ce matin ?

— Où ça ?

— C'est une surprise.

— Chouette ! Je vais m'habiller tout de suite alors !

Pierre ne put s'empêcher de rire en le voyant se précipiter hors du bureau pour se préparer à sortir. Il éteignit son ordinateur et réfléchit à ce qu'il allait acheter pour leur déjeuner.

Quelques minutes plus tard, ils étaient tous deux en route pour la zone commerciale de Saint-Maximin. Thomas ne cessait de sourire et, lorsque Pierre gara la voiture sur le parking du grand centre commercial *Cora*, l'enfant sembla tout excité. Ils descendirent du véhicule puis, comme il en avait pris l'habitude, Thomas glissa sa main dans celle de Pierre.

Ils longèrent les voitures garées avant de traverser un passage piéton et passèrent le tourniquet permettant d'entrer dans la galerie. Thomas regarda avec curiosité les devantures des magasins de part et d'autre de la longue allée marchande. Vêtements pour femmes, hommes et enfants, téléphonie mobile, bijouteries, opticiens ou encore maroquineries et d'autres petits commerces se côtoyaient devant les regards des chalands, permettant à chacun de trouver ce qui lui faisait envie. Enfin, ils passèrent devant la fontaine en forme de pyramide au bord de laquelle se trouvaient quelques jeunes gens en pleine discussion et arrivèrent à la cafétéria.

— C'est ici que nous prendrons le petit-déjeuner ce matin, dit Pierre. Tu peux choisir ici ce que tu veux boire et manger. Regarde, les gâteaux sont là. Qu'est-ce qui te fait envie ?

Pierre vit avec plaisir le regard gourmand de Thomas vers les viennoiseries. Après quelques instants d'intense réflexion, le petit garçon choisit un maxi pain au chocolat et un chocolat viennois. Quant à Pierre, il prit un cappuccino et se laissa lui aussi tenter par la même viennoiserie. Il paya les quelques euros demandés et souleva Thomas, grandement amusé, afin de lui permettre d'observer la serveuse en train de préparer leurs boissons. Elle commença par le cappuccino puis s'attaqua au viennois. Le sourire du garçonnet grandit au fur et à mesure que la préparation avançait.

Enfin, la femme déposa leurs menus sur un plateau qu'elle tendit à Pierre tout en lui souhaitant une bonne journée. Il la remercia et entraîna Thomas dans la salle de repas, prenant au passage deux cuillères. Ils s'installèrent enfin à une table pour prendre le petit-déjeuner.

Pierre déposa prudemment la tasse remplie à ras bord et la cuillère face à Thomas et sourit en voyant ses yeux pétiller de gourmandise devant la crème Chantilly qui menaçait de faire déborder la boisson.

Pierre le regarda entamer la crème fouettée et Thomas sourit. L'écrivain but une petite gorgée avant de déballer les deux pains au chocolat. Ils restèrent attablés ainsi près d'une demi-heure, profitant de ce simple et pourtant si agréable moment. Thomas était visiblement aux anges.

— Qu'est-ce qu'on va faire ensuite ? demanda-t-il en avalant sa dernière bouchée de pain au chocolat.

— Nous allons faire tous les deux quelques achats pour ce midi. Nous préparerons un petit repas un peu particulier. Mais je t'en dirai plus tout à l'heure.

Le sourire radieux de Thomas réchauffa le cœur de Pierre. Et quelques minutes plus tard, ils quittèrent la cafétéria, déposant leur plateau sur le tapis roulant qui l'amènerait jusqu'aux cuisines. Ils se rendirent ensuite en direction de l'entrée sécurisée de la grande surface en contournant la fontaine. Pierre se saisit d'un panier roulant avant de prendre le chemin du rayon boulangerie. Ils mirent dans leur cabas des paquets de pain de mie prédécoupé, puis avancèrent en direction du rayon frais. Pierre prit d'abord deux pots d'œufs de lump – un rouge et un noir – devant le regard curieux de Thomas.

— Qu'est-ce que c'est, Pierre ?

— Ça, ce sont des œufs de lump. Tu en as déjà mangé ?

L'enfant fit un signe négatif de la tête et devint de plus en plus curieux.

— Je vais t'en faire goûter ce midi. Je pense que tu devrais aimer.

— Comment ça se mange ?

— Sur des toasts. Nous utiliserons ces petits morceaux de pain, les couvrirons de beurre et ensuite, nous y mettrons des œufs de lump. Mais on ne va pas manger que ça. On va choisir d'autres ingrédients à mettre sur les toasts.

Thomas sourit à ces explications et ils poursuivirent leurs achats. Œufs mais aussi tranches de saumon fumé, jambon de Bayonne, roquefort, beurre, chips à la bolognaise et bouteilles de jus de fruits se partagèrent bientôt le panier roulant tiré par Pierre. Pour le dessert, il avait déjà une petite idée et il savait précisément où il pourrait se procurer tout ce qu'il cherchait. Pierre prit un sac et ils firent la queue à l'une des caisses pour régler les achats avant de rejoindre la voiture et de retourner à Senlis.

Mais au lieu de prendre la sortie qui le mènerait chez lui, il bifurqua pour se rendre à l'*Intermarché*. Thomas s'en étonna.

— Il nous manque encore des petites choses, dit Pierre. Ça

ne prendra pas longtemps, ne t'inquiète pas.

Pierre se gara puis emmena Thomas jusqu'à la grande surface. Contrairement à *Cora* elle ne disposait pas d'une galerie couverte et il y avait moins de boutiques. Mais Pierre trouvait les commerçants tout aussi sympathiques. Il entra dans le supermarché et alla jusqu'à la pâtisserie. Le comptoir en verre laissait voir une bonne quinzaine de gâteaux différents. Forêts noires, charlottes aux fruits ou miroirs au chocolat côtoyaient des douceurs individuelles comme des glands pâtissiers et des éclairs au chocolat et au café.

Pierre salua la boulangère qui lui répondit avec un sourire. Puis, il se tourna vers Thomas.

— Que dirais-tu de m'aider à choisir les desserts de ce midi, de ce soir et du goûter ? proposa-t-il.

Thomas acquiesça avec un grand sourire et Pierre lui montra les différentes sortes de gâteaux. L'enfant les observa avec gourmandise et s'arrêta devant les boules couvertes de granulés en chocolat.

— Pierre, c'est quoi ? demanda-t-il en posant son doigt sur la vitre.

— Ah, eh bien ça, c'est ce qu'on appelle une tête de nègre. Il s'agit d'une meringue couverte de crème au chocolat et de granulés. C'est très bon. Tu veux y goûter ?

— Oui !

— Très bien. Alors va pour deux têtes de nègre au goûter. Qu'est-ce qu'on va manger ce midi et ce soir maintenant ?

Thomas prit quelques minutes et choisit finalement la religieuse au chocolat et le gland pâtissier. La vendeuse mit avec précaution les six gâteaux dans une grande boîte qu'elle tendit à Pierre afin qu'il puisse aller à la caisse du magasin. Puis, il emmena Thomas dans une des boutiques à l'extérieur, spécialisée dans la vente de magazines : la *Maison de la Presse*.

En entrant, Pierre salua le gérant qui lui répondit d'un sourire. Ils se rendirent au fond du magasin, Pierre prenant garde à ne surtout pas faire tomber la boîte qu'il tenait. Il trouva rapidement les programmes télévisés de la semaine à venir puis proposa à Thomas de choisir également un magazine pour lui. Il lui montra le rayon destiné aux enfants et celui-ci se pencha légèrement pour examiner les couvertures colorées. Il ne mit guère longtemps à en extraire un titre spécialisé sur les mangas qui faisait trôner Albator en première page.

Avec un sourire, Pierre se rendit au comptoir.

— Voilà pour aujourd'hui, dit-il en posant les articles.

— Parfait. Et on a un invité à ce que je vois ? fit remarquer gaiement l'homme.

— Oui. Je garde Thomas chez moi pour quelques jours.

— Eh bah c'est bien ça ! Ça vous fait un peu d'occupation supplémentaire ! Vous ne risquez pas de vous ennuyer !

Thomas sourit timidement alors que l'homme lui faisait un rapide clin d'œil complice. Lorsque Pierre eut payé, ils quittèrent le magasin et rejoignirent la voiture pour rentrer.

44

Une fois rentrés, Pierre prit le sac de courses et la boîte de pâtisseries. Thomas lui ouvrit la porte de la maison et la retint pour lui permettre de passer sans difficulté. Pierre déposa les aliments dans le réfrigérateur et le pain sur la table tandis que Thomas rangeait leurs magazines dans la bibliothèque. Lorsqu'il revint, Pierre se tourna vers lui en souriant.

— Vu l'heure qu'il est, je propose de nous laver les mains et de commencer à préparer nos toasts. Qu'en penses-tu ?

— Je suis d'accord ! sourit Thomas.

Ils se rendirent donc dans la salle de bains avant de revenir à la cuisine et de sortir ce dont ils auraient besoin : un couteau à beurre, un plus tranchant pour la charcuterie et un troisième pour le fromage ainsi que deux petites cuillères pour les œufs de lump et de saumon, deux serviettes pour essuyer les mains pendant la préparation et des plats où poser les toasts.

Puis, Pierre amena le pain et sortit les œufs de poisson du réfrigérateur.

— Nous allons commencer par les œufs de lump puis ceux de saumon. Je beurre ces morceaux de pain et tu déposes des œufs dessus, ça te va ? Bien, alors je vais te montrer comment faire, ce n'est pas compliqué.

Pierre prit un carré de pain de mie, le beurra et le posa sur le plateau. Puis, il ouvrit les pots, prit les deux cuillères et en mit une dans les œufs de lump rouges. Il la remplit d'un tiers puis, avec l'aide de la seconde cuillère, déposa les fines billes sur le pain.

— Et voilà ! Alors, tu penses pouvoir t'en sortir ?

— Oui ! dit Thomas, souriant en prenant les ustensiles.

Pierre sourit également et commença à beurrer leurs carrés de pain. Avec le plus grand sérieux qui soit, Thomas déposait des œufs dessus au fur et à mesure que Pierre les plaçait sur le plateau. Il alterna les œufs de lump noirs, rouges puis prépara ceux de saumon, un peu plus gros. Enfin, il ne resta plus que quelques fines billes dans les pots.

— Nous avons fini avec les œufs de lump. Tu peux finir ce qu'il reste dans les pots.

— C'est vrai ?

— Oui. Utilise tes doigts, tu verras, c'est amusant.

Avec un sourire curieux, Thomas suivit le conseil de Pierre et fit glisser un doigt le long de la paroi en verre pour récolter les petites perles qui restaient dans le premier. Puis, il le mit à la bouche, fermant les yeux afin de profiter de leur goût.

— Hum… C'est trop bon !

Pierre rit et pendant que Thomas nettoyait les deux pots, il mit le plateau au frais. Puis, il sortit le jambon de Bayonne et commença à le découper devant son regard gourmand. Pierre lui en donna une tranche que Thomas mangea lentement pendant que Pierre déposait les premiers morceaux sur les toasts. L'écrivain remarqua avec amusement que l'enfant prenait son temps pour retirer le gras.

— Tu ne manges pas le blanc ?

— J'aime pas trop ça, dit Thomas avec une belle grimace. J'arrive pas à le manger.

Après cette découverte au sujet du petit garçon, Pierre prit la précaution de retirer au maximum le gras du jambon avant de le mettre sur le pain. L'objectif était après tout que Thomas apprécie pleinement ce repas quelque peu atypique. Lorsque tous les emballages furent vides, Pierre sortit le saumon fumé et le découpa avec ses doigts.

Il fut ravi de n'y trouver aucune arête. Puis, ce fut au tour du fromage de finir en morceaux sur les toasts. Les deux cuisiniers retournèrent se laver les mains avant de mettre la table et de vider le paquet de chips à la bolognaise dans une grande assiette. Pierre sortit verres et serviettes et il ne leur resta plus qu'à manger ce qu'ils avaient préparé.

Thomas s'assit en trépignant tandis que Pierre sortait avec d'infinies précautions les premiers plats du réfrigérateur pour les placer devant lui. Ses yeux bleus grands ouverts brillaient d'une impatiente gourmandise.

— Bon appétit ! dit Pierre.

— Bon appétit ! répondit Thomas.

Thomas sembla hésiter un moment quant au toast à choisir pour entamer ce repas. Finalement, il en prit un aux œufs de saumon. Les plateaux se vidèrent petit à petit et Pierre fut ravi de constater que son invité était pleinement satisfait. Avec un sourire, il l'incita à mettre une chips sur son toast aux œufs de lump.

Lorsqu'il croqua dedans, le goût de la bolognaise se maria délicieusement à celui des œufs de poisson, ainsi que le firent la texture croustillante des pétales de pomme de terre et celle des billes rouges et noires.

— J'ai plus très faim, dit Thomas alors qu'ils avaient déjà mangé la moitié des toasts.

— Tu as quand même encore un peu de place pour le dessert ? sourit Pierre.

— Oui ! s'exclama-t-il.

— Parfait. Alors, nous allons ranger ça et nous les finirons ce soir. Ça te va ?

Thomas acquiesça. Pierre ramena les plateaux couverts au frais avant de sortir la boîte de pâtisseries.

— Alors, je te propose de manger les glands ce midi, puis

les têtes de nègre au goûter et enfin les religieuses ce soir. Tu es d'accord ?

Thomas acquiesça à nouveau et Pierre déposa les gâteaux dotés d'une couche de glaçage vert fluo dans deux assiettes à dessert. Thomas mangea le sien avec lenteur, croquant dans la pâte à chou avec ses petites dents, se délectant allègrement de la crème pâtissière.

— Maintenant que nous avons bien mangé, dit Pierre, je te propose que nous allions nous promener un peu pour digérer.

— Où est-ce qu'on va aller ?

— Il y a un petit parc tout près, je suis sûr qu'il te plaira. Il y a plein de sortes de canards là-bas et on peut leur donner du pain à manger.

Thomas sourit en acquiesçant et lorsqu'ils se furent préparés, Pierre tenant un sac rempli de pain, ils prirent la direction de la réserve écologique que le petit garçon avait déjà visitée tout juste quelques jours plus tôt. Il n'en dit cependant rien et suivit l'écrivain à travers les rues de Senlis qu'il avait parcourues de nuit.

45

Après quelques minutes de marche, ils arrivèrent à l'entrée du parc qui se trouvait en face de petits immeubles, tout près de la chapelle que Thomas avait vue à sa première expédition. Ils marchèrent sur le chemin serpentant dans l'herbe à côté du parking de sable et délimité par quelques piquets de bois pour arriver à la porte en métal vert et rouillé.

— On dirait un dauphin, sourit Thomas en s'arrêtant devant le plan.

— C'est vrai. Le parc a la forme d'un dauphin. Mais il y a une seconde partie qui a été ouverte.

Pierre poussa le portillon pour permettre à Thomas de passer. Ils ne pouvaient pas voir le bas du chemin qui se trouvait derrière les arbres, ce qui n'empêcha pourtant pas l'enfant de commencer à descendre les grandes marches en courant avec amusement. Pierre le suivit rapidement et se mit à son niveau. Arrivés en bas, ils prirent sur la gauche pour commencer leur promenade digestive.

Après avoir parcouru quelques mètres, ils arrivèrent au niveau d'un grand ponton en bois. Pierre y entraîna Thomas et ils marchèrent jusqu'à un cabanon qui semblait perdu au milieu des roseaux dont la hauteur impressionna le petit garçon. L'écrivain le porta et lui fit signe de regarder par les fines ouvertures qui permettaient d'observer discrètement les canards qui se reposaient dans le marécage.

Thomas sourit, heureux d'être dans cet endroit avec Pierre.

Lorsqu'il était venu avec ses camarades pour la première fois, ils n'étaient pas allés dans ce cabanon. À nouveau, l'écrivain lui faisait découvrir des choses qu'il ne connaissait pas. Thomas se retourna légèrement vers l'adulte qui le tenait toujours dans ses bras et fit claquer un baiser sur sa joue en serrant ses petits bras autour de son cou.

— Merci, Pierre ! dit-il.

46

Pierre resta un instant muet face au geste de Thomas et ses remerciements, son cœur battant la chamade. Le petit garçon avait un grand sourire et Pierre sourit en retour.

— Je suis content que ça te plaise. Mais nous n'avons pas fini notre promenade. On continue ?

— Oui !

Pierre reposa Thomas au sol et, main dans la main, ils traversèrent le pont en sens inverse pour retrouver le chemin. Ils allèrent jusqu'au second cabanon mais celui-ci ne leur permit pas de voir d'animaux. Enfin, ils arrivèrent aux étangs séparés par un chemin de terre et d'herbe.

Pierre donna un peu de pain à Thomas et celui-ci en nourrit les canards avec application, souriant gaiement devant ces oiseaux parfois un peu bizarres qui se battaient pour les morceaux de mie.

Le bisou de Thomas avait surpris Pierre. Il ne s'y était pas attendu. Son cœur ensommeillé ne cessait de battre plus fort depuis. Thomas était réellement heureux avec lui et ce sentiment était réciproque.

L'enfant revint vers Pierre en courant.

— Pierre ! Je peux avoir du pain pour les canards ?

— Bien sûr, sourit Pierre en en prenant un bout dans le sac plastique. Tiens, déchires des morceaux et jette-les dans l'eau. Tu vas voir, ils vont tous se précipiter dessus.

Thomas le prit et en déchira un bout qu'il jeta dans l'eau,

comme Pierre venait de lui conseiller. Ils virent alors tous les canards qui se trouvaient sur le lac, les petits comme les gros, se diriger rapidement vers la nourriture qui flottait en laissant derrière eux de longues traînées dues à leur vitesse.

Mais un poisson fut plus rapide qu'eux et le goba sous les rires de Thomas qui jeta quelques bouts de pain pour consoler les volatiles.

Puis, ils allèrent tranquillement vers l'autre côté du chemin afin d'en lancer aux autres oiseaux. Pierre profita de cet instant pour prendre des photos de Thomas. Un peu plus loin, il le porta afin de lui montrer un tableau qui présentait les différentes espèces que l'on pouvait apercevoir dans cette réserve. Aménagé au début des années 1990, c'était un véritable havre de paix pour les canards et les oiseaux migrateurs. Ainsi, on pouvait y voir quotidiennement des oies blanches ou des oies sauvages, des colverts, des petites poules d'eau, des cygnes blancs et noirs… Il y avait aussi parfois des espèces plus rares comme le mandarin.

Thomas s'amusa à chercher du regard tous les canards qui étaient représentés sur la tablette. Puis, ils reprirent leur avancée. Sur leur gauche se trouvait une large prairie ensoleillée. Sous de grands arbres permettant de bénéficier d'un coin ombré, quelques personnes s'y reposaient. Un jeune couple était allongé, discutant, souriant. Une mère et ses trois enfants dessinaient sur des feuilles de papier les paysages et les canards. Un peu plus loin, trois vieilles dames discutaient paisiblement sur un banc au soleil…

Pierre avait toujours adoré se promener dans ce lieu qui lui permettait d'oublier qu'il se trouvait en ville. Il y était venu à toutes les heures possibles et avait pu constater qu'on rencontrait alors des gens très différents en fonction du moment de la journée : le personnel d'entretien et quelques sportifs matinaux profitaient d'un peu de fraîcheur et plus tard les familles et les personnes âgées venaient se promener ou se détendre.

Arrivés au bout du chemin, Pierre et Thomas prirent sur la gauche et marchèrent le long d'un ruisseau. Thomas montra à Pierre les poissons de diverses tailles qui évoluaient entre les roches et les algues dans l'eau si claire, puis pointa son doigt vers une poule d'eau qui sortit de sous les feuillages pour rapidement se cacher dans ceux d'à côté.

Thomas tenta de l'attirer en jetant des bouts de pain, mais les poissons furent plus rapides et la poule d'eau ne sembla guère intéressée. Ils poursuivirent donc leur avancée et, après quelques minutes, arrivèrent sous le pont routier qui permettait de se rendre en toute sécurité dans la deuxième partie du parc, aménagée presque quatre ans plus tôt. Thomas s'amusa à faire résonner sa voix dans le tunnel qui lui renvoyait l'écho de ses paroles.

Plus petite que la première partie, c'était également un endroit agréable. On y trouvait cependant moins de canards. Les volatiles ne s'étaient pas encore habitués à ce nouvel habitat et préféraient demeurer dans l'environnement qu'ils connaissaient. Mais, Thomas s'immobilisa rapidement.

— Qu'est-ce qu'il y a ? demanda Pierre.

— Regarde, murmura-t-il en tendant discrètement un doigt vers l'étang.

Pierre suivit la direction indiquée et remarqua un immense oiseau gris, immobile lui aussi et dressé sur ses deux grandes échasses au bout d'un chemin qui donnait directement accès à la pièce d'eau. Il sourit et s'accroupit près de Thomas.

— Nous avons de la chance. C'est un héron cendré, expliqua l'écrivain.

— C'est beau.

— Oui. On va le prendre en photo, d'accord ?

Thomas acquiesça discrètement et Pierre pointa son appareil vers l'oiseau qui ne bougeait toujours pas d'une plume. Il zooma pour l'avoir correctement et prit une excellente photo qu'il montra à un Thomas souriant.

— Chouette ! Tu crois qu'on peut aller plus près ?

— On va essayer mais si jamais on s'approche trop près, il va s'envoler. Approchons-nous tout doucement.

Thomas acquiesça et, pas à pas, très lentement, ils avancèrent en direction du superbe échassier. Plus ils s'approchaient, plus le sourire de Thomas grandissait. Cependant, alors qu'ils étaient encore à une bonne dizaine de mètres de lui, l'oiseau les aperçut et, repliant ses longues pattes, il étendit ses larges ailes pour prendre son envol.

Thomas l'observa, bouche bée.

— Ouah ! Ce que c'est beau…

Lorsqu'ils ne virent plus le héron, ils reprirent leur promenade autour du lac et repassèrent par le tunnel pour rejoindre la première zone. Ils marchèrent sous les grands arbres, Thomas commentant encore l'envol majestueux de l'oiseau.

— Mais, Pierre… dit-il soudain. L'oiseau qu'il y a sur ton toit, pourquoi il s'envole pas ?

— L'oiseau ? Quel oiseau ? s'étonna-t-il.

— La cigogne qu'il y a sur le toit de ta maison.

Pierre comprit alors que Thomas parlait de la statue qui se trouvait au sommet de sa mansarde. C'était ce détail très particulier et si charmant qui les avait incités, Catherine et lui, à emménager dans cette ville. Lorsqu'ils avaient découvert leur future maison et vu la cigogne sur le toit, ils s'étaient dit qu'il ne pouvait y avoir meilleur endroit pour fonder une famille. Zach était né un peu plus d'un an après…

— Eh bien… ce n'est pas une vraie cigogne, tu sais, sourit Pierre. C'est une statue.

— Ah ! C'est pour ça qu'elle bouge pas du tout.

Ils rirent tous les deux et finalement arrivèrent de nouveau tout près du chemin qui séparait le parc en deux. Ils reprirent celui du centre et, au lieu d'aller à gauche comme la première fois, ils prirent à droite pour visiter l'autre zone de la réserve.

Ce parcours était plus calme et ils longèrent à nouveau la petite rivière, mais dans l'autre sens. Sous un frêle arbrisseau, ils aperçurent un groupe de canards colvert se reposant. Thomas s'approcha avec un bout de pain qui lui restait et le posa dans l'herbe en les voyant qui commençaient à s'enfuir. L'un d'eux opéra un rapide demi-tour et vint le prendre avant de suivre ses congénères.

Ils reprirent leur trajet jusqu'à arriver au niveau d'une petite vanne à eau. Pierre aida Thomas à monter sur un rocher et le prit en photo dans plusieurs positions, le faisant rire. Enfin, ils poursuivirent leur trajet afin de revenir aux escaliers qu'ils avaient utilisés à leur arrivée dans le parc.

Ils remontèrent en courant, ce qui se révéla un peu difficile pour Pierre qui avait perdu l'habitude de faire de l'exercice. Quand il vit Thomas l'attendre en haut des escaliers, souriant et pas le moins du monde essoufflé, Pierre ne put s'empêcher de sourire.

Je commence à vieillir, on dirait, pensa-t-il amusé.

Ils quittèrent le parc et arrivèrent chez l'écrivain aux alentours de 16 heures. Pierre proposa au petit garçon de goûter et l'idée fut accueillie par de grands vivats. Une fois leurs mains lavées, il sortit le repas pendant que Thomas s'installait dans la salle à manger.

Pierre ramena deux verres de jus de fruits et deux assiettes contenant chacune une tête de nègre et une cuillère. Pierre les posa sur la table, l'une devant Thomas dont les yeux brillaient de gourmandise, l'autre devant lui. Thomas attrapa la cuillère puis tenta en vain de la planter dans la pâtisserie qui roulait à chaque tentative.

Le petit sourire de Thomas disparut rapidement alors qu'il regardait la boule de meringue d'un air dubitatif. Il releva ses yeux vers un Pierre quelque peu amusé.

— Je vais te montrer comment on fait pour couper une tête de nègre, dit Pierre en prenant sa cuillère. Tu vois, au milieu de la boule, ici, il y a une tranchée. Tu mets ta cuillère dessus et ensuite, tu appuies un peu et… Hop ! La boule se coupe en deux toute seule. Après, tu as le choix : tu peux manger avec les doigts ou à la cuillère. C'est comme tu veux.

Thomas essaya et laissa échapper un cri de joie lorsque la boule se sépara enfin en deux parties dans son assiette. Il tenta de planter sa cuillère dans la pâtisserie et finit par la poser à côté pour prendre l'une des deux moitiés à la main et croquer dedans à pleines dents.

— C'est trop bon !

— J'étais sûr que ça te plairait, dit Pierre en croquant à son tour dans la meringue.

47

Une fois leur goûter terminé, Pierre eut une nouvelle idée. Le soleil brillait encore au-dehors et il aurait été dommage de rester enfermé.

— Ça te dit d'aller jouer un peu dehors ? Je dois avoir des raquettes de badminton quelque part dans le grenier.

— C'est quoi le bad… badminton ?

— Ah, si tu ne connais pas, tu dois essayer ! sourit Pierre. Viens, on va aller chercher ce qu'il faut.

Thomas le suivit et ils montèrent au grenier pour récupérer deux raquettes ainsi qu'un volant rangés dans l'un des grands coffres que le petit garçon avait déjà vus en début de semaine. Puis, ils redescendirent directement jusqu'au jardin. Thomas semblait excité à l'idée d'apprendre un nouveau jeu.

— Mets-toi un peu plus loin. Voilà ! Tiens la raquette dans une main et tiens le volant de l'autre, par le voile.

— Compris, dit Thomas en s'exécutant.

— Ensuite, tu tapes doucement avec la raquette sur le bout du volant en le lâchant.

Thomas fit ce que Pierre lui expliquait. Il observa le volant se diriger vers l'adulte et souriait sans le lâcher des yeux pendant qu'il retombait. Pierre frappa le projectile en plastique et Thomas le regarda revenir vers lui. Il se concentra afin de le renvoyer une nouvelle fois alors qu'il redescendait.

— Bravo ! s'exclama Pierre alors que le projectile se dirigeait une seconde fois vers lui. Tu es très doué, Thomas !

— Houra ! Je l'ai encore eu, Pierre ! s'écria le petit garçon alors que le volant était redescendu vers lui.

Ils jouèrent pendant presque une heure, Thomas rattrapant avec brio le volant presque à chaque fois. Il riait lorsqu'il réussissait à le renvoyer et Pierre se prit également à rire.

Pierre se sentit incroyablement léger en entendant ces rires d'enfant ainsi qu'en voyant Thomas s'amuser et rayonner littéralement de joie de vivre. Et en cet instant, en le regardant, Pierre ne s'étonnait plus d'avoir retrouvé l'inspiration depuis qu'il l'avait accueilli chez lui. C'était bien cette joie de vivre qui lui avait tant manqué.

Lorsque Thomas en eut assez, Pierre lui proposa de regarder un film. Il accepta avec plaisir et Pierre l'emmena dans le bureau. Ils regardèrent les DVD alignés sur les étagères et ils choisirent celui de *Harry Potter à l'École des Sorciers*. Thomas ne l'avait encore jamais vu et Pierre était certain qu'il ne manquerait pas d'aimer cette histoire.

Pierre l'avait acheté sans vraiment savoir pourquoi, sur un coup de tête comme il en avait tant au cours des dernières années. Et il avait pu découvrir une histoire et des personnages attachants. Il mit le film en route et Thomas s'assit pour le regarder alors que Pierre retournait près de son ordinateur. Une fois sa machine allumée, il y enregistra les photos prises dans la journée puis ouvrit le document qui contenait son roman en cours. Il jeta un dernier coup d'œil vers Thomas qui regardait avec intérêt la télévision et se remit à écrire.

Après le film, Thomas prit son bain puis en guise de dîner, ils mangèrent les toasts qu'ils avaient laissés au déjeuner. Ils étaient aussi bons que le midi et ils rirent en discutant de leur journée. Puis, Pierre amena leurs desserts. Thomas mangea sa religieuse avec joie et, lorsque la table fut débarrassée, ils retournèrent dans le bureau pour regarder la suite de la saga.

48

Lorsque le second film *Harry Potter* se termina, Pierre accompagna Thomas jusqu'à sa chambre, l'enfant se frottant les yeux, visiblement fatigué. Il proposa au petit garçon de lui raconter la suite des folles aventures de leur apprenti chevalier. Thomas sembla ravi et écouta avec attention.

L'écrivain vit rapidement Thomas lutter contre le sommeil, essayant de tenir ses paupières ouvertes pour écouter la suite. Il eut alors une idée, d'autant plus judicieuse selon lui qu'elle arrivait au bon moment de l'histoire.

— Alors, d'une voix très douce, la sorcière dit à Thomas : « Ferme les yeux, jeune chevalier, et aie confiance en moi. » Thomas ne voulait pas fermer les yeux, car il se doutait que ce n'était pas une bonne idée de faire confiance à la sorcière. Les habitants du village l'avaient prévenu. Il ne fallait jamais la quitter du regard. Mais la sorcière insista pour qu'il ferme les yeux. Elle s'approcha lentement de lui et posa avec douceur ses doigts sur les paupières du jeune homme.

Pierre imita le geste de la sorcière et, posant ses doigts sur les sourcils de l'enfant, les fit légèrement glisser et ferma les yeux de Thomas. Il continua son récit, le petit garçon gardant les yeux fermés, sa respiration de plus en plus calme. Le doux sourire qui était accroché à ses lèvres s'effaça lentement et au bout de quelques minutes, il se tut.

Pierre resta silencieusement à l'observer en train de dormir un court moment. À nouveau, il eut l'étrange sensation d'être observé. Pierre ferma les yeux un instant et respira lentement. Il percevait cette présence et pourtant, il était certain qu'il n'y avait personne. Il était seul dans cette maison depuis cinq ans. Et Thomas était la première personne à venir depuis le décès de sa femme et de son fils.

Il allait ouvrir les yeux lorsqu'il eut l'impression de sentir quelqu'un se déplacer près de lui.

Pierre se raidit…

Il avait cru sentir une main lui frôler le visage et il ouvrit brusquement les yeux afin de regarder la pièce autour de lui. Mais il n'y avait personne…

Personne d'autre que lui et Thomas, paisiblement endormi.

Pierre plaqua ses mains devant ses yeux fermés et respira profondément avant de se relever et de retourner jusqu'à son bureau. Il resta un instant sans rien faire, repensant à ce qu'il avait ressenti dans la chambre.

Il fallait qu'il se reprenne…

Catherine et Zach n'étaient plus là. Pas davantage que les fantômes qu'ils pourraient être devenus si cela existait.

Pierre alluma son ordinateur et une fois le fichier ouvert, il revint à la page à laquelle il s'était arrêté. Il écrivit jusqu'à ce qu'il soit trop fatigué pour comprendre ce qu'il tapait…

Dimanche

49

Pierre se réveilla aux alentours de 9 heures Il resta un instant dans son lit, se demandant ce qu'il pourrait bien proposer à Thomas ce jour-là. Ne trouvant aucune idée, il se leva et alla prendre une douche. L'écrivain avait beau chercher, il ne savait vraiment pas où emmener le petit garçon ce jour-là. Il y avait pourtant de nombreuses possibilités mais il ne parvenait pas à se décider…

Ce ne fut que lorsqu'il s'assit à son bureau et que ses yeux se posèrent sur le DVD *Harry Potter et la Chambre des Secrets* qu'il avait oublié de ranger la veille au soir qu'il sut ce qu'ils pourraient faire. Pierre alluma l'ordinateur et lorsque la connexion Internet fut établie, se rendit sur le site du cinéma de Montataire. Ce dimanche, il y avait à l'affiche près d'une quinzaine de films, mais celui qui l'intéressait y était toujours bien qu'il soit sorti depuis plusieurs semaines.

L'image représentait trois adolescents, baguettes magiques dans les mains, sur un décor assez sombre. Thomas allait être fou de joie d'aller voir ce film. Il avait été passionné par les deux premiers. L'écrivain consulta les horaires pour voir que le film était projeté à 11 heures.

C'était donc décidé.

Le sourire aux lèvres, Pierre reprit l'écriture de son roman et continua à pianoter sur son clavier. L'histoire avançait bien et il savait déjà exactement jusqu'où il voulait mener son héros. Comme avant, toutes les idées lui venaient naturellement, au fur et à mesure, le soir quand il racontait l'histoire à Thomas, puis la nuit. Et au matin, il n'avait plus qu'à noter sur papier les idées qu'il avait eues et à les retranscrire.

Lorsqu'il aurait terminé viendrait le fastidieux mais nécessaire travail de relectures et de corrections afin d'être sûr que tout soit parfait. Puis, il pourrait enfin envoyer le manuscrit à sa maison d'édition pour que son éditeur décide de le publier ou non et qu'il soit en magasin quelques mois plus tard.

Nul doute que Roman serait fou de joie dès qu'il apprendrait que Pierre avait retrouvé l'inspiration.

Le téléphone se mit alors à sonner. Pierre soupira, sauvegarda son travail et décrocha l'appareil.

— Allô ?

— Pierre, bonjour. C'est Roman.

Pierre ne put s'empêcher de sourire.

Décidément, quand on parle du loup…

Pierre connaissait Roman Juvendret depuis le début de sa carrière d'écrivain. C'était lui qui avait lu son premier roman et proposé son livre à l'édition.

— Bonjour, Roman. Comment vas-tu ?

— Très bien. Pas mal de boulot, mais je ne vais pas m'en plaindre. Et toi ? À t'entendre, j'ai l'impression que tu as repris du poil de la bête. Je me trompe ?

— Je tiens une forme olympique, en effet, confirma Pierre. Et… j'ai une bonne nouvelle pour toi.

— Laisse-moi deviner ! Tu as recommencé à écrire ?

— On ne peut rien te cacher, Roman, rit l'écrivain.

— Mais c'est fantastique ! Ça veut dire que tu vas mieux ! Tu ne sais pas à quel point j'en suis heureux !

— Je crois que je peux l'imaginer.

— De quoi est-ce que ça va parler ? Comment as-tu trouvé ta nouvelle idée ?

— Doucement ! Garde donc tes questions pour lorsque je

t'amènerai mon manuscrit. Pour le moment, je vais te laisser mariner un peu.

— *Tu veux garder la surprise, espèce de renard. Bon, très bien. J'attendrai... Mais j'ai vraiment hâte de lire ce nouveau livre. Tu penses le finir dans combien de temps ?*

— Je ne sais pas exactement… Mais l'histoire avance très bien.

— *C'est fantastique ! Eh bien je vais te laisser continuer à écrire alors ! Et on se voit très bientôt pour parler de tout ça. Il faut qu'on fête cet événement ! Et c'est moi qui inviterai !*

— Ce sera avec plaisir. Je te rappellerai pour qu'on décide d'une date.

— *Ça marche ! À bientôt, Pierre.*

— À bientôt, Roman.

Pierre raccrocha et regarda un instant son téléphone. Cela allait lui faire un bien fou de revoir son éditeur et de discuter avec lui de son nouveau roman.

Comme autrefois.

Avec un léger sourire, il reprit son écriture là où il l'avait arrêtée jusqu'à ce que Thomas arrive dans le bureau quelques minutes plus tard.

— Bonjour, Pierre !

— Bonjour, Thomas ! Je te demande juste une toute petite minute, je sauvegarde mon travail et nous irons prendre le petit-déjeuner. C'est fait, on peut y aller ! dit Pierre en éteignant son ordinateur.

Ils se rendirent dans la cuisine et Pierre prépara leur repas sous l'œil gourmand de Thomas. Celui-ci mangea avec appétit et Pierre ne put s'empêcher de sourire.

— Je me disais que nous pourrions peut-être aller voir un film au cinéma, aujourd'hui. Qu'est-ce que tu en penses ?

— Au cinéma ? Oh oui ! Qu'est-ce qu'on va aller voir ?

— Si je te dis : *Harry Potter et le Prisonnier d'Azkaban* ?

demanda Pierre en souriant toujours.

— Il y a déjà une suite à *Harry Potter et la Chambre des Secrets* ?

Pierre acquiesça et Thomas eut une exclamation de joie.

— Quand est-ce qu'on y va ?

— Nous prendrons la route vers 10 h 30. Le film ne commencera qu'à 11 heures. Donc, tu as tout le temps de prendre le petit-déjeuner tranquillement et de te préparer avant qu'on parte.

Thomas termina de manger et, une fois prêts, ils allèrent à la voiture. L'enfant s'assit et s'attacha, tout sourire, son impatience grandissante faisant s'étirer les lèvres de Pierre.

Au moins, Pierre ne pouvait qu'être certain d'avoir fait le bon choix avec cette nouvelle sortie.

Ils arrivèrent au complexe un petit quart d'heure plus tard. Le bâtiment était énorme et proposait quinze salles. Pierre se gara tout près de l'entrée et fit descendre Thomas qui, comme à son habitude, mit sa petite main dans la sienne.

Le cinéma venait à peine d'ouvrir et le hall accueillait déjà une bonne trentaine de personnes. Seuls deux guichets étaient ouverts en ce milieu de matinée. Il leur fallut donc patienter.

— Dis, Pierre, tu crois qu'il restera assez de places pour le film ? demanda Thomas, une légère inquiétude dans la voix.

— Bien sûr, ne t'inquiète pas pour ça. Et on aura les meilleures dans la salle.

Rassuré, Thomas sourit et ils continuèrent d'attendre dans la file en avançant de quelques pas environ toutes les minutes. Thomas regardait autour de lui les nombreuses affiches qui se trouvaient aux murs ou les cartons à taille humaine représentant quelques personnages des films diffusés cette semaine-là. Un nouveau sourire éclaira son visage.

Au bout de quelques minutes, ils arrivèrent devant le guichet où un jeune homme les salua.

— Une place adulte et une place enfant pour *Harry Potter*, s'il vous plaît, demanda Pierre.

— Bien, deux places pour *Harry Potter* ! confirma le guichetier.

Il indiqua à Pierre le montant à payer avant de lui remettre ses deux tickets et de leur souhaiter une bonne séance. Pierre le remercia et ils quittèrent la file d'attente en longeant le guichet pour se diriger vers l'escalier central qui permettait à tout le monde d'accéder aux salles de projection.

— Dis, Pierre, tu as ton appareil photo avec toi ? demanda Thomas.

— Oui… Pourquoi ? demanda Pierre, surpris.

— Tu peux me prendre en photo devant Rogue ?

— Rogue ? Pourquoi lui ? s'étonna l'écrivain en se souvenant qu'il s'agissait du professeur le plus désagréable dans les films.

— C'est mon préféré ! Il est génial !

— Eh bien… si tu le trouves génial… Je vais te prendre en photo devant l'affiche, alors, sourit Pierre en sortant son appareil.

Thomas se posta à côté du panneau en carton qui représentait l'enseignant vêtu tout en noir et Pierre le photographia. Il montra le résultat à Thomas sur l'écran numérique et celui-ci parut totalement satisfait. Pierre rangea l'appareil et ils montèrent les marches pour faire à nouveau la queue dans le but de présenter les tickets d'entrée.

— Ce sera la salle trois, sur votre gauche, dit la femme qui vérifia les billets. Bonne séance.

— Merci, dirent Pierre et Thomas.

Pierre reprit les bouts de carton découpés et ils avancèrent dans la direction indiquée pour rejoindre la salle de projection qui venait tout juste d'ouvrir. Pierre prit un rehausseur rouge à l'entrée et le posa sur le siège de Thomas, dans la rangée la plus haute, au centre de la salle.

— Tu vois, je t'avais dit qu'on aurait les meilleures places, dit Pierre en s'asseyant à son tour.

— C'est génial ! Dis, le film commence bientôt ?

— Il va bientôt être 11 heures, confirma Pierre en jetant un coup d'œil à sa montre. Il y aura de rapides bandes-annonces et ensuite, le film commencera.

Thomas sourit lorsque la lumière baissa subitement et que les bandes-annonces apparurent sur l'écran géant devant eux. Il resta silencieux et les lumières s'éteignirent totalement, annonçant le début du film tant attendu.

Le symbole de *Warner Bros* apparut sur un écran gris nuageux, accompagné d'une musique légèrement inquiétante qui reprenait sur un rythme un peu différent le thème principal de la série…

50

Pierre sortit de la salle avec un Thomas tout excité, parlant de chaque moment du film qu'il avait aimé.

L'auteur devait avouer qu'il comprenait son intérêt pour le sombre personnage de Severus Rogue. Nul doute qu'il restait encore beaucoup à découvrir sur lui et Pierre se promit de lire les romans pour mieux suivre l'histoire.

— J'aimerais aller dans un endroit comme Pré-au-Lard un jour, dit Thomas en remontant dans la voiture.

— C'est vrai que ça doit être agréable. Bon, et maintenant, je te propose d'aller manger. Qu'est-ce que tu en penses ?

— Ouais !

— Alors, je vais t'emmener dans un nouvel endroit.

— Où ça ?

— C'est une surprise.

Après un peu de route, ils arrivèrent dans la zone commerciale de Saint-Maximin et Pierre se gara sur le grand parking d'un fast-food.

— Nous allons manger au *KFC*, dit Pierre.

— C'est quoi ?

— Tu connais déjà le *McDonald's* ? Eh bien c'est la même chose mais uniquement avec des burgers au poulet, expliqua-t-il quand Thomas hocha la tête. Qu'est-ce que tu en penses ? Tu veux essayer ?

— Oui !

— Alors, allons commander.

Ils descendirent de voiture, Thomas sautillant de plaisir, et entrèrent dans le restaurant pour en rejoindre le comptoir. Il y avait un peu de monde, mais il restait suffisamment de places pour les accueillir.

— Bonjour, Monsieur, dit un jeune homme au comptoir. Vous avez fait votre choix ?

— Je vais prendre un menu *Zinger* épicé, *Pepsi* et en dessert des *Pep Hits* vanille, dit Pierre. Thomas, tu veux le menu enfant ou tu veux goûter quelque chose d'autre ?

Le petit garçon réfléchit un instant.

— Je vais prendre comme toi, Pierre !

— D'accord, sourit celui-ci. Alors, dans ce cas, deux menus *Zinger*, mais en non épicé pour lui et XL pour moi. Et un deuxième *Pep Hits* vanille.

— C'est noté.

Le serveur précisa la somme totale que Pierre régla et prépara les menus qu'il posa sur un large plateau. Il y rajouta les serviettes et leur indiqua où récupérer leurs pailles. Pierre en prit deux et le remercia avant de demander à Thomas de choisir une place. Ils s'installèrent rapidement près des fenêtres et entamèrent leur repas.

Thomas déballa son sandwich et croqua dans le pain brioché garni de poulet.

— Alors ? demanda Pierre.

— Hum… C'est trop bon ! s'exclama l'enfant en croquant à nouveau dans le pain.

Pierre fut rassuré et sourit avant de mordre à son tour dans son sandwich. Ils déjeunèrent en discutant à nouveau du film qu'ils venaient de voir.

— Dis, Pierre, tu crois qu'il y aura encore des films *Harry Potter* ?

— Oui. Tu sais, en tout, il y aura sept livres. Donc, ils feront probablement un film pour chacun d'entre eux.

— Il y a des livres *Harry Potter* ?

— Oui. Si tu veux, je te les achèterai, comme ça, je pourrai te les lire. Qu'est-ce que tu en dis ?

— Ouais !

Pierre rit devant sa joie. Ils terminèrent leur repas, Thomas se régalant avec les petits morceaux de glace enrobés de chocolat. Une fois les plateaux vidés, ils quittèrent le fast-food.

— Est-ce que tu voudrais te promener ? demanda Pierre.

— Dans un nouvel endroit ? interrogea Thomas sans chercher à cacher son excitation.

Pierre acquiesça en souriant et Thomas accepta sa proposition. Ils retournèrent jusqu'à la voiture et prirent la direction de Coye-la-Forêt. Pierre suivit la route quelques minutes supplémentaires, la retrouvant sans trop de mal, à sa grande joie. Ils arrivèrent devant un gigantesque étang. Thomas le regarda par la vitre du véhicule avec émerveillement alors que Pierre continuait sur quelques mètres pour trouver une place de parking. Il se gara un peu plus loin sur une étendue de sable et de cailloux et ils sortirent.

Pierre emmena Thomas de l'autre côté de la voie bétonnée et lui montra le lac et les bâtiments anciens qui se trouvaient à l'entrée du domaine.

— Nous voici devant les Étangs de Commelles, également appelés les Étangs de la Reine Blanche.

— Pourquoi on les appelle comme ça ? Ils appartiennent à une reine ?

— Non. Mais, tu vois ce petit château en pierres, juste là ?

Thomas se retourna vers la vielle bâtisse aux quatre tours et acquiesça.

— On dit que la reine Blanche de Castille y vivait. C'était une reine de France, il y a très, très longtemps. Elle était très aimée pour sa beauté ainsi que sa grande sagesse. Et elle était également la mère du roi Saint Louis, lui-même très aimé.

— Alors, elle vivait ici ?

— C'est ce qu'on raconte. Mais ça n'a pas été prouvé. Ce n'est qu'une sorte de légende qui a donné son nom à cet endroit. Je vais te faire faire le tour, je suis sûr que ça te plaira.

Avant de commencer leur promenade, Pierre prit quelques photos de Thomas devant le château et l'étang, le petit garçon se prêtant toujours au jeu avec un grand sourire. Puis, ils prirent sur la gauche du château.

Thomas regarda du côté des étangs et, après quelques minutes de marche, il montra à Pierre les pêcheurs installés. Ils s'approchèrent en silence et l'un d'eux les salua avant de se concentrer à nouveau sur sa ligne qui commençait à s'agiter. Les deux promeneurs restèrent près de lui jusqu'à ce qu'il ait remonté sa prise. Puis, avec plaisir, l'homme montra le poisson à Pierre et Thomas.

— C'est un brochet, expliqua l'homme. Il doit bien mesurer quatre-vingts centimètres de long celui-là.

— Il est énorme ! s'exclama Thomas.

— Oh oui, et il pèse son poids l'animal. Dis-moi, petit, tu as déjà regardé dans la bouche d'un brochet ?

Thomas secoua la tête de droite à gauche en signe de négation et il fut invité à s'approcher de l'animal. Délicatement, le pêcheur ouvrit sa gueule pour montrer à Thomas les quelques centaines de dents pointues et crochues qui la garnissaient, en faisant un piège mortel pour les plus petits poissons. Thomas en fut grandement impressionné.

— Il a beaucoup de dents !

— Eh oui ! Et faut pas mettre la main là-dedans, parce que tu vois, ses dents sont toutes tournées vers l'intérieur. Comme ça, quand il prend une proie, elle ne peut plus s'échapper.

Thomas écouta avec attention les nombreuses explications du pêcheur pendant quelques minutes au sujet de la vie de ces prédateurs aquatiques. Et avant de repartir, Pierre demanda à prendre une photo du petit garçon, de l'homme et de sa prise. Celui-ci se prêta avec plaisir à l'exercice et, une fois la photo faite, Pierre et Thomas le saluèrent gaiement et reprirent leur promenade alors que l'homme rejetait sa ligne dans l'étang.

Pendant quelques minutes, Thomas ne tarit plus de paroles sur le poisson, continuant de marcher tout en regardant autour de lui pour ne rien manquer du paysage. Lorsqu'ils arrivèrent près d'anciens escaliers de bois presque totalement cachés par la verdure, Pierre les lui montra.

— Regarde, ce sont de vieux passages qui mènent dans les sous-bois.

— Les gens allaient dedans ?

— Oui. Et nous aussi on peut y aller, si tu veux.

— Vraiment ?

Pierre acquiesça et, afin de lui prouver ses dires, emmena Thomas dans les sous-bois. Ils montèrent avec précaution sur un talus puis avancèrent en prenant garde de ne pas accrocher leurs vêtements aux nombreuses ronces jonchant çà et là leur parcours. Pierre photographia de nouveau l'enfant et ils poursuivirent leur exploration. Thomas ne cessait de sourire.

Après quelques minutes, ils arrivèrent à une nouvelle clairière servant de parking. Ils retournèrent sur le chemin afin de continuer leur promenade en arrivant au bout du tout premier étang. Pierre décida d'emprunter le chemin entre les étendues d'eau pour retourner tranquillement en direction du château.

Ils arrivèrent quelques minutes plus tard de l'autre côté du lac. Ils poursuivirent leur exploration en discutant jusqu'à finalement arriver à destination.

Pierre sourit en voyant le véhicule blanc qui attendait près de l'entrée du domaine et le montra à Thomas.

— Est-ce que tu as envie d'une glace pour le goûter ?

— Oui ! sourit Thomas.

Ils s'approchèrent du camion du vendeur itinérant et Thomas choisit une composition à deux boules – l'une au chocolat et l'autre à la pistache – surmontées d'une bonne dose de crème Chantilly. Pierre choisit de son côté les parfums chocolat et fraise. Puis, ils s'assirent près du château et mangèrent tranquillement, profitant du soleil et admirant l'étang.

Enfin, ils reprirent le chemin de Senlis.

51

Il était presque 17 heures lorsque Pierre gara finalement la voiture dans l'allée. L'après-midi avait filé à une vitesse folle. Il proposa à Thomas de prendre son bain et, dès que celui-ci fut dans la baignoire, Pierre regagna son bureau pour enregistrer ses dernières photos sur son ordinateur.

Restant aux aguets au cas où Thomas puisse avoir besoin de lui, il en profita pour imprimer quelques clichés et les rangea dans un album vide qu'il avait retrouvé dans l'un de ses tiroirs. Une fois les photos dans les pochettes transparentes, il écrivit sur les espaces en carton les dates et les lieux.

Une fois ce petit travail accompli, il feuilleta son ouvrage. Thomas rayonnait littéralement de plaisir sur chaque portrait. Ses sourires étaient sincères et ses yeux brillaient de bonheur. Pierre referma l'album, souriant, et le posa sur son bureau. Il espérait que ce nouveau cadeau ferait plaisir à l'enfant.

Thomas l'appela quelques minutes plus tard pour l'aider à sortir du bain. Pierre le rejoignit et l'enroula dans une grande serviette avant de le soulever de la baignoire. Puis, il retourna jusqu'à son bureau pour attendre Thomas qui arriva un instant après. Pierre le fit monter sur ses genoux.

— Je viens de finir quelque chose pour toi, annonça-t-il.

— Tu as fini mon histoire ?

— Non, pas encore, rit Pierre. Il me reste encore beaucoup de choses à écrire avant que ce soit terminé. C'est autre chose que j'ai préparé.

Pierre tendit l'album et Thomas l'ouvrit. Un immense sourire éclaira son visage lorsqu'il vit les photos.

— Il y a même toutes celles d'aujourd'hui ! s'exclama-t-il en voyant le cliché pris au cinéma.

— C'est pour toi, dit Pierre. Tu pourras l'emmener lorsque tu auras retrouvé tes parents.

— Merci, Pierre ! C'est super !

Thomas se tourna et se jeta à son cou. Pierre le serra doucement contre lui quelques secondes, puis l'écarta.

— Et si nous allions dîner, maintenant ?

— D'accord !

Ils se rendirent à la cuisine et se régalèrent en mangeant un steak accompagné de spaghettis à la bolognaise que Thomas dégusta avec un plaisir plus qu'évident.

Le repas se termina sur un liégeois.

Remarquant vite la fatigue de Thomas, Pierre l'emmena se laver les dents et se nettoyer le tour de la bouche rougie par la sauce tomate. Puis, ils rejoignirent la chambre de l'enfant et, à peine fut-il sous les couvertures que Thomas ferma les yeux et s'endormit.

Pierre resta un moment à le regarder dormir, épuisé de leur journée de découvertes, son torse se soulevant légèrement, au rythme de sa respiration. Comme les soirs précédents, il eut la sensation d'être observé. Pourtant, cette fois, il ne tourna pas son visage pour chercher à voir d'où cela venait. Il savait que s'il se retournait, il ne trouverait rien.

Enfin, Pierre se leva doucement du lit et retourna à son bureau pour écrire une paire d'heures avant d'aller se coucher à son tour. Lorsqu'il referma enfin ses yeux, il eut l'impression que quelqu'un se trouvait près de lui. Mais, trop fatigué pour vérifier, il décida de garder les yeux clos et s'endormit.

Lundi

52

Lorsqu'il se réveilla, Pierre resta un instant supplémentaire dans son lit, les yeux fermés. Il avait rêvé de son épouse pendant la nuit. Elle lui parlait tendrement, caressant sa joue, un sourire plein d'amour étirant ses fines lèvres. Elle était entourée d'une espèce de brume légère qui empêchait de distinguer clairement les traits fins de son visage. Il était incapable de se souvenir de ce qu'elle lui avait dit dans ce songe.

Pourtant la sensation provoquée par sa main sur son visage persistait, comme si elle avait vraiment été présente à ses côtés. La chaleur sur sa joue et l'impression que quelqu'un était près de lui semblaient si réelles que, pendant une paire de secondes, Pierre se demanda si tout ce qui s'était passé depuis cinq ans n'avait pas été qu'un rêve… Un très long rêve…

Le temps passe si étrangement dans les rêves après tout… On peut y vivre tellement de choses en quelques heures… Tellement de vies différentes…

Alors, très lentement, Pierre ouvrit les paupières pour voir si quelqu'un était allongé à ses côtés… Mais il n'y avait personne et la sensation de chaleur disparut.

La déception de trouver le lit vide fut pourtant rapidement remplacée par la joie lorsque Pierre pensa à Thomas qui dormait encore, comme tous les matins depuis déjà une semaine. Il s'assit sur le bord du lit, souriant légèrement et écouta le silence de la maison.

Le réveil indiquait 7 heures.

L'heure exacte à laquelle Pierre s'était réveillé le jour où il avait découvert Thomas endormi sur l'escalier. Il se leva, prit ses vêtements et alla se doucher. Il laissa l'eau couler un long moment sur son corps, repensant aux derniers jours.

Puis, une autre pensée lui vint à l'esprit…

Et… si c'était cette semaine qui n'avait été qu'un rêve ? Si Thomas n'avait jamais été là ? S'il n'avait été qu'un songe ?

Avec appréhension, Pierre quitta la douche, s'habilla et rejoignit la chambre où Thomas devait normalement dormir. Il ne put retenir un long soupir de soulagement quand il aperçut l'enfant sous la couverture, la bouche entre-ouverte, respirant lentement, l'ours en peluche à côté de lui.

Rassuré, Pierre se rendit discrètement jusqu'à son bureau et alluma l'ordinateur pour écrire la suite de son nouveau roman jusqu'au réveil de Thomas. Il regarda avec une grande fierté le nombre de pages qu'il avait tapées…

Cent cinquante…

Il était désormais loin de ce qu'il avait pensé faire lorsqu'il s'était remis à écrire… Une simple histoire pour endormir un enfant s'était transformée en un véritable roman initiatique… Mais Pierre aimait ce qu'il était en train de rédiger… Il aimait que cette histoire ait changé de forme et qu'elle soit devenue plus que ce qu'il avait prévu au départ. Et surtout qu'elle évolue ainsi d'elle-même…

53

Vers 8 h 30, Thomas apparut enfin. Il s'approcha de Pierre, qui lui sourit, et le regarda terminer d'écrire une phrase avant d'enregistrer son travail et d'éteindre l'ordinateur.

— Tu écris toujours la même histoire, Pierre ?

— Oui. Et j'ai encore plein d'idées pour notre petit chevalier.

— Il va être long ton livre, alors ? s'enthousiasma-t-il avec un large sourire pendant qu'ils se dirigeaient tous deux vers la cuisine.

— Oui, très, très long ! Mais si jamais il est trop long, je le couperai en deux.

— Le couper ? demanda Thomas en imaginant Pierre couper un livre avec une paire de ciseaux.

— Oui, j'en ferai deux livres. Qu'est-ce que tu en penses ?

Thomas réfléchit un peu. Deux livres, c'était mieux qu'un. Du moins, c'était ce qu'il lui semblait.

— Si tu fais deux livres, tu pourras écrire plus d'aventures du petit chevalier ?

— Oui, probablement.

— Alors, deux livres c'est mieux !

Pierre rit à la remarque si enfantine et pourtant si sérieuse.

— Très bien, adjugé, vendu ! Je ferai deux livres des aventures du petit chevalier !

Thomas sauta de joie alors qu'ils arrivaient à la cuisine.

Lorsqu'ils eurent achevé leur petit-déjeuner, l'enfant partit s'habiller dans sa chambre et Pierre réfléchit à ce qu'ils pourraient faire. Le ciel était couvert malgré la chaleur et la météo annonçait de violents orages en milieu de journée. Toute sortie était donc à éviter.

Son regard se posa sur l'un des placards qu'il savait rempli de boîtes de jeux de société. Il l'ouvrit et regarda à l'intérieur avant d'arrêter son choix sur une mallette qui contenait toute une variété de divertissements, dont celui des petits chevaux. Avec un large sourire, il s'en empara et l'emmena dans la bibliothèque pour préparer le plateau.

Quand Thomas revint, il lui montra le jeu.

— Est-ce qu'une partie de dadas te plairait ?

Les lèvres s'étirèrent rapidement sur le visage du petit garçon qui s'assit aussitôt à table, face aux chevaux bleus…

54

Cela faisait maintenant une demi-heure qu'ils jouaient.

Thomas avait déjà fait rentrer deux de ses quatre chevaux à l'écurie alors que Pierre avait du mal à ne serait-ce que faire sortir ses propres pions rouges de leur étable. Car chaque fois qu'il avait le malheur d'en mettre un sur le parcours, Thomas trouvait un moyen de le lui renvoyer à la case départ.

Pierre jeta une nouvelle fois le dé et fit un quatre. Il avança son cheval et se retrouva juste derrière l'une des pièces du petit garçon qui ne pouvait plus avancer, mis à part pour rentrer dans la colonne salvatrice.

Mais pour cela, il lui faudrait un des rares uns, chiffre que les dés refusaient souvent aux joueurs les plus chevronnés.

— Si je fais « un » la prochaine fois, ton cheval retourne à l'étable ! dit Pierre souriant, croisant les bras sur sa poitrine.

Thomas se concentra, secouant le dé dans un gobelet marron, sa langue dépassant un peu de ses lèvres, et lança le cube qui roula plusieurs secondes avant de finalement donner…

— UN ! s'écria Thomas, fou de joie en levant les bras au ciel, poings fermés en signe de victoire.

Thomas avança son pion dans la colonne bleue, à l'abri de toute attaque, alors que Pierre ne pouvait s'empêcher de rire.

— Tu pourras plus me manger mon cheval ! rit Thomas à son tour.

— Je n'ai jamais vu quelqu'un d'aussi chanceux que toi au jeu de dadas…

La sonnerie de l'entrée retentit soudainement, faisant alors cesser les rires.

Pierre consulta sa montre.

Il était 10 heures.

Il n'attendait pourtant personne.

— Reste là, Thomas, dit-il en se levant. Je vais vérifier qui c'est, d'accord ?

— D'accord !

— Et pas de triche !

— Promis !

Pierre quitta la bibliothèque en souriant et se rendit jusqu'à l'interphone, pressé de pouvoir continuer leur partie de jeu. Il prit le combiné et le cala contre son oreille.

— Oui ? demanda-t-il.

— Bonjour, Monsieur Melet. Agents Clarin et Pelletier, police municipale. Nous venons à propos du petit Thomas.

— Ah, oui, je vous ouvre. Entrez.

Pierre appuya sur l'un des boutons de l'appareil et la grille s'ouvrit pendant qu'il poussait sa porte d'entrée pour accueillir les policiers rencontrés tout juste une semaine plus tôt. Les deux agents arrivaient, accompagnés d'une autre femme, vêtue d'un tailleur beige et ses longs cheveux blonds coiffés en un chignon serré. Elle ne devait pas avoir plus de trente ans, mais son allure était incroyablement stricte et elle rappela un peu à Pierre un de ses anciens professeurs d'école…

— Excusez-nous de vous déranger, Monsieur Melet, dit le policier, serrant la main qu'il tendait. Comme je vous l'ai annoncé, nous venons au sujet de Thomas.

— Je vois… Mais je vous en prie, entrez, dit-il d'une manière aussi neutre qu'il le pouvait.

Pierre ne s'était pas attendu à cette apparence de la part de la mère de Thomas. Et il devait s'avouer qu'en la voyant ainsi, il se demandait comment son fils avait pu lui filer entre les doigts… Elle semblait pourtant du genre à ne rien laisser lui échapper…

Les trois nouveaux venus entrèrent dans le couloir. Pierre ferma la porte avant de se tourner de nouveau vers eux.

— Thomas est dans la…

— Monsieur Melet, avant que nous rejoignions Thomas, je crois qu'il serait juste de vous donner des explications, étant donné que vous avez eu la gentillesse de vous occuper de lui pendant ces derniers jours, dit l'inconnue en tailleur.

— Je… Je vous écoute, dit-il surpris par le ton détaché sur lequel elle venait de parler.

N'aurait-elle pas dû être impatiente de revoir son fils avant de lui donner une quelconque explication ?

Un étrange pressentiment envahit son cœur…

— Je m'appelle Véronique Alliam. D'après ce que les policiers m'ont rapporté, Thomas vous aurait raconté qu'il est à la recherche de ses parents, c'est bien cela ?

— Oui… C'est ce qu'il a dit. Pourquoi ? Il m'aurait menti ?

— Non, je ne pense pas. Mais… le fait est que ses parents sont décédés. Et cela va bientôt faire quatre ans. N'ayant plus de famille encore en vie, Thomas a été placé sous ma responsabilité dans l'orphelinat que je dirige à Paris.

Pierre sentit soudain son cœur se changer en plomb et peser terriblement lourd dans sa poitrine. Un orphelin ? Thomas était orphelin ?

— Comment… Comment est-il arrivé jusqu'ici depuis Paris ? demanda-t-il.

— Il a échappé à la surveillance de l'accompagnateur qui faisait visiter Senlis à quinze de nos pensionnaires, dimanche dernier. Ce n'est que le soir que nos employés ont découvert que Thomas manquait à l'appel.

— Pourquoi avoir mis autant de temps à le retrouver ?

Un léger sourire étira les lèvres de la femme.

— Lorsque nous avons interrogé tous ses camarades pour savoir quand il avait été vu pour la dernière fois, ils nous ont affirmé l'avoir vu monter dans le bus de retour qui regroupait des groupes d'enfants d'écoles différentes des environs. Nous avons donc pensé que Thomas avait profité de la descente du bus une fois de retour à Paris afin de s'enfuir. Ce n'est qu'hier soir que l'un de ses amis nous a finalement avoué avec fierté que Thomas n'était pas remonté dans le bus de retour et qu'il était resté à Senlis. J'ai alors contacté la police et leur ai expliqué ce que nous avions découvert. Ils comprenaient mieux pourquoi leurs recherches n'avaient pas encore abouti.

— Je vois… dit Pierre, le cœur serré. Vous avez dit que ses parents sont morts… Mais, Thomas…

— Il n'est pas au courant, Monsieur Melet. Pour son bien-être, nous avions pensé qu'il valait mieux attendre qu'il soit un peu plus âgé avant de lui expliquer ce qu'il s'était passé.

— Je… je comprends. Comment sont-ils morts, si ce n'est pas indiscret ?

— Ils ont eu un accident de voiture sur l'A1, à leur retour de vacances. Leur véhicule a été percuté par un chauffard qui s'est rabattu trop vite.

Pierre sentit ses entrailles se nouer…

Il avait hébergé un orphelin sans le savoir… Un enfant qui avait perdu les seuls êtres qu'il avait au monde… dans un accident de voiture…

Comme lui…

— Thomas est dans la bibliothèque, dit-il mécaniquement. Suivez-moi.

Pierre emmena les trois visiteurs jusqu'à la bibliothèque et lorsqu'il entra, Thomas tourna la tête avec un grand sourire…

55

Sourire qui disparut aussitôt que l'enfant vit Véronique Alliam. Son visage sembla se décomposer…

— Oh, oh… murmura-t-il en comprenant que sa petite escapade était terminée.

Pierre s'approcha de Thomas lentement, avec l'impression que ses jambes étaient prises dans un bourbier, et s'agenouilla près de la chaise. Les deux policiers et la directrice demeurèrent au niveau de la porte.

— Madame Alliam vient de me dire que tu t'es enfui lors d'une promenade organisée par ton orphelinat. Elle est venue te chercher pour te ramener avec elle.

— Mais, Pierre… J'ai pas encore retrouvé mon papa et ma maman… dit-il en se mettant face à lui sur sa chaise.

— Thomas, tes parents…

Pierre trouvait cela difficile, mais Thomas devait connaître la vérité désormais. Il ne pouvait plus vivre dans l'ignorance, en se faisant de faux espoirs. Plus il espérait, plus la vérité serait douloureuse le jour où il l'apprendrait. Sans compter que ne pas savoir se révélait dangereux pour lui.

Pierre n'osait même pas imaginer ce qui aurait pu arriver au petit garçon lorsqu'il s'était enfui. Il aurait pu avoir un accident ou être enlevé…

Ou pire…

Il ne fallait pas que ce genre de chose se reproduise.

— Tu te souviens que je t'ai expliqué que ma femme était

avec les anges… et qu'elle nous regardait de là-haut ?

— Oui.

— Eh bien, ton papa et ta maman sont avec elle.

Thomas resta silencieux un moment, regardant Pierre dans les yeux et celui-ci craignit un instant de voir le petit garçon fondre en larmes. Il n'en fit cependant rien et baissa les yeux sur ses genoux, comme s'il se résignait à cette nouvelle.

Comme s'il s'y était attendu, pensa Pierre.

Les doigts de Thomas, serrés sur son pantalon, tremblaient légèrement et Pierre eut terriblement envie de le prendre dans ses bras pour le réconforter… Mais il se retint…

— Ça veut dire… qu'ils viendront pas me chercher, alors, murmura-t-il.

— Non. Ils ne viendront pas, Thomas. Tu vas devoir repartir avec Madame Alliam.

— Tu m'aimes plus, Pierre ?

— Bien sûr que si…

— Alors, pourquoi je peux pas rester ici avec toi ? demanda-t-il en relevant les yeux vers lui.

Ses yeux…

Pierre sentit son cœur défaillir lorsqu'il croisa le regard si triste et en même temps si plein d'espoir du petit garçon. Une boule lui serra la gorge, mais il trouva la force de répondre.

— Parce que je ne peux pas te garder ici. Je n'en ai pas le droit. Tu comprends ?

Thomas baissa de nouveau le regard et hocha la tête pour faire signe qu'il comprenait ses propos. Aucune larme ne coula. Pierre prit ses mains tremblantes dans les siennes…

Si petites, si fragiles…

— Allez, on va préparer tes affaires, dit-il d'une voix qu'il tenta de garder assurée. Je vais te donner une valise.

— Nous vous attendons ici, dit doucement Véronique Alliam lorsqu'il leur expliqua.

Pierre acquiesça puis emmena Thomas à l'étage. Ils remplirent une petite valise avec tous les vêtements que Pierre lui avait donnés et les souvenirs qu'il lui avait achetés et l'album photos.

Le silence s'était installé entre eux…

Un silence qui n'avait pas existé ces derniers jours…

Un silence pesant…

Pourtant, aucun d'eux ne le rompit. Pierre avait l'horrible impression que s'il parlait, il fondrait en larmes. Et il ne voulait pas que Thomas le voie de nouveau pleurer.

Et puis, à quoi bon parler ?

Tout était dit.

Rajouter quelque chose à tout cela ne ferait qu'ajouter à la difficulté de laisser partir ce petit être avec qui il avait partagé ces sept derniers jours.

Pierre saisit le bagage et ils redescendirent retrouver la directrice de l'orphelinat et les deux agents. Le jeune inspecteur prit la malle et l'emmena à la voiture pendant que Véronique Alliam saluait l'écrivain.

— Je vous remercie de vous être occupé de Thomas cette semaine. Je suis rassurée de savoir qu'il était entre de bonnes mains.

Pierre se contenta d'acquiescer, en silence, sa gorge nouée par la tristesse et en regardant Thomas qui gardait irrémédiablement les yeux baissés sur ses pieds. Pierre avait l'horrible sensation qu'on était en train de lui arracher une partie de lui-même.

L'auteur serra machinalement les mains de la directrice de l'orphelinat et des policiers, ne pouvant que regarder l'enfant s'éloigner entre les deux femmes. Son cœur déjà grandement blessé se serrait au fil des pas qui l'éloignaient de lui.

Soudain, arrivé au milieu de l'allée, Thomas fit demi-tour et courut vers Pierre pour s'accrocher à ses jambes.

— Je veux pas partir, Pierre ! Je veux pas te laisser ici tout seul alors que t'es si triste !

Pierre ferma les yeux une micro seconde pour ne pas pleurer en entendant les lourds sanglots dans la voix de Thomas. Puis, doucement, il décrocha ses bras et s'agenouilla à ses côtés, posant ses grandes mains sur les frêles épaules. Le petit garçon n'arrivait plus à retenir ses larmes qui coulaient abondamment sur ses joues.

Pierre les essuya tendrement alors que, derrière Thomas, la directrice de l'orphelinat s'approchait lentement. Enfin, il prit une profonde inspiration.

56

— Il le faut pourtant.

— Mais…

— Thomas, écoute-moi, s'il te plaît, dit Pierre doucement. Je n'ai pas le droit de te garder ici. Tu dois repartir avec Madame Alliam. Mais je te promets que je viendrai te voir sans faute tous les dimanches.

— C'est juré ? demanda Thomas, s'essuyant ses joues avec ses manches.

— C'est juré, confirma Pierre.

Thomas se jeta à son cou et Pierre le serra tendrement dans ses bras, le cœur douloureux.

— Tu vas me manquer, Pierre.

— À moi aussi, tu vas me manquer…

— Je t'aime, Pierre.

— Je t'aime, moi aussi, Thomas, murmura-t-il d'une voix rendue rauque par la tristesse.

Pierre garda Thomas contre lui un petit instant, puis le petit garçon s'écarta et repartit vers la voiture où les deux agents l'attendaient. Véronique Alliam tendit une carte à Pierre d'un air sévère puis se retourna sans dire un mot.

Les portières claquèrent.

Le bruit du moteur monta.

Et la voiture partit.

Pierre, lui, n'avait pas eu le courage de quitter le pas de sa porte…

Il regardait le vide devant lui, sans se douter que Thomas s'était retourné dans le véhicule, dans l'espoir de le voir courir après eux pour les empêcher de l'emmener loin de lui.

Puis, une fois le calme revenu, comme un automate, Pierre se retourna et rentra, refermant sa porte. Les mains enfoncées dans ses poches et la respiration lente, il resta immobile dans le couloir totalement silencieux. Puis, il marcha jusqu'à la bibliothèque et s'assit sur la chaise où il était quelques minutes plus tôt lorsqu'il jouait avec Thomas.

Le jeu de dadas était toujours sur la table.

Il n'avait pas bougé.

Pourtant, Pierre regardait le plateau cartonné comme si ses pions pouvaient se déplacer seuls…

Pierre ferma les yeux et sentit les larmes couler, sa respiration se faisant plus difficile. Mais cette fois, il ne sentirait pas les petits bras de Thomas s'enrouler autour de son cou pour le réconforter. Il n'entendrait pas sa petite voix fluette lui dire de ne pas pleurer…

Il avait toujours su pourtant que le petit garçon devrait partir.

Qu'avait-il imaginé inconsciemment ? Qu'on l'autoriserait à le garder près de lui alors qu'il n'était pas son fils ?

Pierre secoua la tête et sécha ses larmes avant de ranger la mallette de jeux. Enfin, il monta à l'étage et s'arrêta devant la chambre que Thomas avait occupée pendant une semaine.

Elle s'était vidée de toute présence humaine… Même cette impression d'être observé avait disparu… Tout était calme…

Trop calme.

Vide.

Comme après la mort de son épouse et de son fils.

Il sentait le même vide se creuser de nouveau en lui.

Thomas lui avait apporté un peu de gaieté et de compagnie en échange de sa protection et de son attention. Pierre se rappela toutes ses expressions, ses mouvements, ses paroles et se rendit compte qu'il les avait gravés dans sa mémoire, inconsciemment, afin de les conserver précieusement en lui le jour où Thomas partirait.

Mais ce n'était pas du tout ainsi qu'il avait imaginé le départ de Thomas.

Pierre avait pensé qu'il verrait débarquer un jeune couple rongé par l'inquiétude d'avoir perdu leur enfant et soulagé de le retrouver, le remerciant chaleureusement d'avoir pris soin de lui. Il aurait pu sourire et être heureux de voir Thomas retrouver ses parents.

Mais à la place, cela avait été cette femme, jeune mais si froide, qui était venue chercher Thomas pour le ramener dans un orphelinat.

Rien n'attendait Thomas dans cet endroit. À part d'autres enfants comme lui, perdus et seuls, qui n'espéraient que découvrir l'amour d'un père ou d'une mère…

Et le pire, c'était que Thomas venait de goûter à cela pendant une semaine entière avant de devoir finalement retourner dans ce sombre environnement…

Pierre quitta la chambre d'enfant et retourna dans son bureau. Il s'assit devant son écran d'ordinateur éteint. Ses doigts se posèrent sur une petite feuille et le ramenèrent au moment présent.

Il saisit le papier entre ses doigts et le regarda.

La page de notes qu'il avait prises pour l'histoire du petit chevalier le premier soir et que depuis il avait laissée sur son bureau.

Pierre avait bien avancé au cours de ces quelques jours et Thomas avait adoré l'entendre raconter toutes ces aventures. Il avait été si enthousiaste à chaque fois qu'ils en avaient parlé ensemble. Et encore plus le matin même, lorsqu'il lui avait dit que deux livres c'était mieux qu'un seul…

Pierre reposa le papier et alluma son ordinateur.

Il continuerait d'écrire cette histoire et la rendre parfaite.

Ainsi, Pierre pourrait la donner à Thomas pour qu'il la lise et n'oublie pas les merveilleux moments qu'ils avaient passés ensemble.

Dès que sa page d'écriture apparut à l'écran, Pierre pianota sur son clavier. Des mots de tailles variables s'enchaînaient facilement et rapidement en dépit de sa tristesse, comme s'il ne faisait que recopier un texte qu'il aurait eu sous les yeux.

Et pourtant, il inventait, sans rien pour le guider.

Il inventait pour lui.

Il inventait pour Thomas.

Pour Thomas, Pierre allait écrire le plus beau roman qu'on puisse lire.

Au fil des jours qui suivirent, Pierre ne cessa presque jamais d'écrire, si ce n'était pour aller manger, prendre soin de lui et dormir.

Quelques jours plus tard…

57

Le dimanche suivant arriva assez vite et Pierre se leva de bonne heure ce matin-là, incapable de dormir plus longtemps tant il avait hâte de retrouver Thomas. Il avait promis au petit garçon de venir tous les dimanches et il comptait bien tenir sa promesse.

Il passerait tous ses dimanches avec lui.

Rien qu'avec lui.

L'orphelinat se trouvant à Paris, près du Jardin des Plantes, Pierre partit tôt de Senlis. La route lui sembla cependant plus longue que dans ses souvenirs, mais à 7 heures, il s'était garé dans la rue Cuvier, vide de tout véhicule en cette heure matinale. Il descendit de sa voiture et prit le sac qu'il avait préparé la veille avant d'aller rue des Écoles, à environ une quinzaine de minutes de marche. Cela lui permettrait de repérer où était installé l'orphelinat.

Pierre était très en avance et avait l'intention de patienter un peu au Jardin des Plantes en attendant qu'il soit 9 heures, horaire qu'il jugeait plus que correct pour le début de sa journée avec Thomas. Lorsqu'il arriva dans la rue indiquée sur la carte que lui avait donnée Véronique Alliam, il resta un moment à regarder le bâtiment qui abritait l'orphelinat, surpris.

Sa tristesse lui avait fait imaginer une vieille bâtisse en béton gris, des barreaux aux fenêtres et une grande grille noire encadrée de deux énormes gargouilles aux gueules béantes et pleines de crocs, menaçant de dévorer quiconque aurait eu le courage de la franchir.

Mais à la place, Pierre se retrouva devant un grand et beau bâtiment en pierres de carrière, claires et joliment taillées, à l'architecture ancienne très typique du quartier, tout près d'un square verdoyant. Il y avait bien à l'entrée une immense grille en fer forgé, mais elle donnait sur une allée pavée bordée de fleurs et surmontée de quelques arches couvertes de roses. Au bout de ce chemin se trouvait une autre construction qui semblait aussi bien entretenue et qui accueillait très certainement l'orphelinat lui-même.

Au travers des vitres fumées de l'enceinte, Pierre n'eut aucun mal à reconnaître la silhouette de hautes étagères. C'était là tout ce que l'on pouvait deviner de l'intérieur et il comprit très vite que toutes ces précautions avaient dû être prises pour protéger les enfants d'éventuels voyeurs…

Pierre se rendit compte qu'il était resté de longues minutes à observer les lieux et se détourna pour rejoindre le Jardin des Plantes, comme il en avait eu l'intention en arrivant. Il n'était toujours pas revenu de sa surprise lorsqu'il atteignit la grille au sommet doré des jardins peu après 7 h 30.

Pierre avança entre les différents parterres de fleurs et laissa son regard errer sur les îlots colorés.

L'odeur des plantes montait agréablement dans l'air tandis que le soleil commençait à chauffer doucement. Il y avait des centaines de variétés de végétaux… Certaines étaient connues de tous et d'autres avaient des noms étranges, comme *Coleus Blumei*. Mais toutes avaient un point commun : leurs couleurs étaient magnifiques et pleines de vie. C'était un véritable délice pour les yeux des promeneurs.

Des joggeurs profitaient de la fraîcheur matinale pour faire un peu d'exercice et quelques autres personnes levées aux aurores commençaient à se promener dans les allées comme lui. Pierre aperçut même un jeune homme avec un épais calepin à la main en train de dessiner les fleurs qu'il observait.

Pierre espérait que Madame Alliam l'autoriserait à emmener Thomas en dehors de l'orphelinat pour quelques heures… Il ne savait pas si le petit garçon était déjà venu au Jardin des Plantes… L'orphelinat était tout près, mais souvent, les gens ne prenaient pas la peine d'aller visiter les endroits les plus proches de chez eux et préféraient aller « en province ».

Pierre ne put s'empêcher de se demander si Thomas serait heureux de le voir… Même s'il lui avait promis de venir et si Thomas avait acquiescé, peut-être lui en voulait-il de ne pas l'avoir gardé avec lui… Il était parti avec l'idée que Thomas serait forcément ravi qu'il tienne sa promesse. Mais peut-être se trompait-il finalement ?

Pierre regarda sa montre alors qu'il terminait son tour des jardins…

Il était déjà presque 9 heures… Pierre se hâta de rejoindre l'orphelinat et s'arrêta devant la grande grille pour retrouver un peu de courage en même temps qu'il prenait une profonde inspiration. Puis, il entra et s'avança.

À l'entrée du bâtiment se trouvaient deux statues d'anges que l'on ne voyait pas depuis la rue, cachées par les arches de fleurs. Elles portaient une banderole en pierre sur laquelle on pouvait lire, dans une graphie de style ancien : « *Rien ne vaut l'amour d'un enfant* ».

Toute appréhension disparut du cœur de Pierre qui avança jusqu'à la large porte. Il sonna, comme indiqué par une pancarte, puis entra. Il se dirigea vers l'accueil où une femme lui tournait le dos, discutant avec la standardiste. Lorsque celle-ci fit signe qu'un visiteur venait d'entrer, son interlocutrice se retourna et il reconnut Véronique Alliam.

58

Le visage sévère de Véronique Alliam s'éclaira d'un sourire sincère et chaleureux aussitôt qu'elle reconnut l'homme qui avait hébergé Thomas au cours de son escapade improvisée. Elle s'avança vers lui et ils se serrèrent la main.

— Je suis heureuse de vous voir, Monsieur Melet.

Un véritable soulagement perçait dans la voix de la directrice qui semblait plus douce que dans le souvenir de Pierre.

— Vous vous attendiez à ce que je ne vienne pas, n'est-ce pas ? comprit-il.

— Je l'ai craint, effectivement. De nombreux adultes font des promesses aux enfants et ne les tiennent pas, juste pour se débarrasser de personnes qui les encombrent.

— Thomas n'est pas un encombrement pour moi.

— Je le vois bien. Et je suis ravie de m'être trompée. Les promesses faites aux enfants que l'on ne respecte pas sont terriblement douloureuses pour eux. Plus que des coups.

Pierre acquiesça silencieusement en découvrant cette nouvelle facette de celle qui était apparue pour reprendre Thomas quelques jours plus tôt.

— Suivez-moi, il doit être dans la salle de jeux. Il vous attend avec impatience. Il n'a pas cessé de parler de vous à tout le monde cette semaine.

Pierre suivit Madame Alliam avec un léger sourire.

Au moins, Thomas serait content de le voir, cela le rassurait. Pierre était heureux en constatant que Véronique Alliam semblait moins dure qu'à leur tout premier contact, et surtout qu'elle avait l'air de se préoccuper du bien-être des enfants.

— Vous devez penser que j'ai l'air un peu sévère, dit-elle, devinant ses pensées. Mais il est nécessaire de savoir se montrer stricte avec les enfants tout en leur donnant de l'amour.

Pierre acquiesça.

— Vous semblez beaucoup aimer les enfants.

— Si on ne les aime pas, il ne faut en aucun cas s'engager dans ce genre de métier. Et puis, je les trouve fantastiques. Ce sont les êtres les plus purs au monde et ils sont beaucoup plus intelligents que la plupart des gens ne le pensent.

— Je vois très bien de quoi vous parlez, répondit Pierre en repensant au moment où Thomas l'avait consolé.

— Qu'est-ce que vous transportez dans ce sac ? Si ce n'est pas indiscret…

— Un cadeau que j'avais promis à Thomas.

— Je vois, sourit-elle. Vous aviez déjà eu l'occasion de côtoyer des enfants avant Thomas, n'est-ce pas ?

— En effet… J'ai eu un fils. Il avait l'âge de Thomas lorsqu'il est décédé.

La directrice s'arrêta quelques instants et sembla gênée par l'aveu de Pierre.

— Thomas ne le remplacera pas, Monsieur Melet, dit-elle d'un ton méfiant.

Pierre sourit tristement.

— Ne vous inquiétez pas… Je n'aurai jamais la prétention de vouloir remplacer l'enfant que j'ai perdu, Madame Alliam. Thomas ne sera jamais Zach, j'en ai parfaitement conscience. J'ai aimé mon fils et personne ne pourra jamais le remplacer.

— Bien.

Elle sembla rassurée et reprit son avancée dans le couloir. Ils arrivèrent enfin dans une immense salle pleine de jeux de toutes sortes et d'étagères remplies de livres et de films. Dans un coin se trouvait une grande chaîne-hifi et à l'autre bout de la pièce, un écran et un projecteur permettaient aux enfants de regarder des films. En cet instant, l'un des plus récents longs métrages de *Walt Disney* absorbait une petite dizaine d'entre eux, assis en tailleurs sur des coussins de sol.

D'autres jouaient à des jeux de société, lisaient ou faisaient des puzzles.

Mais Thomas n'était visible nulle part.

Une petite fille aux longs cheveux blonds s'approcha de la directrice et celle-ci s'accroupit pour se mettre à la hauteur de l'enfant qui ne devait pas avoir plus de sept ans.

— Madame Alliam… est-ce que je peux aller jouer au toboggan, dehors ?

— Bien sûr, ma puce. Mets tes chaussures et vas-y.

— Merci !

— Est-ce que tu sais où est Thomas ?

— Il est dehors en train de jouer à chat avec Michel, Guillaume et Susie.

— Est-ce que tu pourras lui dire de venir me voir ?

La fillette jeta un rapide regard à Pierre qui lui sourit chaleureusement et hocha la tête avant d'enfiler ses ballerines et de sortir rapidement. Non sans avoir jeté un nouveau regard à l'homme qu'elle n'avait jamais vu.

— Ils ont l'air heureux ici, fit remarquer Pierre.

— Nous l'espérons tous ici. Mon équipe et moi-même faisons tout notre possible pour cela. Mais ils seraient infiniment plus heureux avec de vrais parents.

— Oui…

— PIERRE !

Pierre se retourna vers la porte vitrée par laquelle la petite fille venait de sortir, reconnaissant la voix fluette de Thomas. Le petit garçon arriva vers lui en courant et, après avoir posé son sac par terre, Pierre le souleva dans les airs, comme il aurait soulevé une plume, puis avec un grand sourire le cala sur sa hanche.

Thomas portait fièrement le T-shirt Albator qu'il lui avait donné le mardi précédent et rayonnait de bonheur.

— Ce que je suis content de te voir, Pierre !

— Moi aussi, je suis très content de te voir. Comment vas-tu, mon bonhomme ?

— Super bien !

— J'ai quelque chose pour toi, dit-il en le reposant au sol.

— C'est quoi ?

— À toi de le découvrir, répondit Pierre, lui tendant le sac sans cesser de sourire.

Thomas s'assit au sol et ouvrit avec précaution le premier paquet sous les yeux des deux adultes. Lorsqu'il découvrit le premier roman *Harry Potter*, il cria de joie. Aussitôt, il déballa les quatre paquets suivants et découvrit les autres livres de la série qui étaient déjà parus.

— Merci, Pierre ! s'écria-t-il en lui sautant au cou.

— Je t'avais bien dit que je te les achèterais.

— T'es super ! Dis, Pierre, on va aller se promener ?

— Eh bien, je crois qu'il faut demander à Madame Alliam avant, non ?

— Madame Alliam, on peut, pas vrai ? demanda Thomas en se tournant vers elle, la suppliant du regard avec un grand sourire.

— À condition que vous soyez revenus au plus tard pour 17 heures, répondit-elle avec un léger sourire.

— C'est d'accord, dit Pierre.

— HOURRA ! s'exclama Thomas.

Ils rirent tous les trois et Thomas alla rapidement chercher une petite veste dans sa chambre et en profita pour y déposer ses livres.

— Je vais juste aller préparer une attestation qui prouvera

que vous avez l'autorisation d'emmener Thomas en sortie. Je n'en ai pas pour longtemps.

— Je vais attendre ici.

La directrice acquiesça et quitta la salle. Quelques instants plus tard, Thomas était de retour, tout sourire.

— Où est-ce qu'on va aller, Pierre ?

— Est-ce que tu es déjà allé au Jardin des Plantes ?

— Je crois que j'y ai été une fois. Il y avait un zoo, dit le petit garçon après un instant de réflexion.

— Tu voudrais y retourner ?

— Oui !

— Alors, c'est là que nous irons nous promener… Et nous irons aussi visiter l'un des musées, je suis sûr qu'il te plaira !

— Chouette !

— Voilà, Monsieur Melet. L'attestation est prête.

Elle lui tendit une enveloppe et Pierre la rangea avec soin dans sa sacoche.

— Vous avez déjà une idée de l'endroit où vous comptez l'emmener ?

— Nous allons au Jardin des Plantes.

— Excellente idée. Thomas a déjà eu l'occasion de visiter la Ménagerie ainsi que la Galerie de l'Évolution, comme tous nos jeunes pensionnaires… Mais il n'a pas encore pu voir le reste. Je vous souhaite donc une bonne promenade. À ce soir, Thomas.

— À ce soir, Madame Alliam.

Aussitôt, Thomas glissa sa main dans celle de Pierre et ils quittèrent l'orphelinat sous le regard tendre de la directrice et celui intrigué des autres enfants.

59

Environ vingt minutes plus tard, ils étaient arrivés devant les grilles du Jardin des Plantes et Pierre guida le petit garçon sur leur droite pour prendre la direction de la Ménagerie. La journée s'annonçait chaude, il valait donc mieux profiter de la fraîcheur matinale pour se promener à l'extérieur. Sans compter que la majorité des animaux seraient plus vivaces que sous le soleil de plomb que la météo promettait ce jour-là.

Après quelques instants, ils arrivèrent à l'entrée de la Ménagerie et Pierre montra le panneau d'accueil à Thomas.

— Alors c'est le deuxième plus vieux zoo dans le monde ? s'exclama l'enfant avec un sourire.

— Eh oui ! On y a d'abord mis les animaux de la Ménagerie du Roi. Aujourd'hui le zoo est spécialisé dans les animaux en voie de disparition.

Ils passèrent la petite grille ouverte en saluant un vigile et arrivèrent au kiosque qui servait de billetterie. La guichetière leur tendit les tickets, le plan de la Ménagerie et celui du Jardin des Plantes pour la suite de leur journée.

Pierre emmena Thomas sur la droite et ils commencèrent leur tour par les yacks qui prenaient tranquillement leur premier repas du jour. Ils continuèrent leur chemin pour arriver près d'un enclos très long dans lequel se côtoyaient de grands oiseaux appelés nandous, des sortes de cervidés et d'étranges animaux ressemblant assez vaguement à des lièvres. Thomas s'amusait à les regarder courir d'un grillage à l'autre. Il tendit alors un doigt et Pierre découvrit ce qu'il avait remarqué. Une maman mara demeurait près d'un de ses petits qui n'osait pas s'aventurer hors de ses pattes.

— Ils sont mignons, dit Thomas en souriant.

Pierre acquiesça et ils poursuivirent leur avancée en regardant sur leur droite afin d'admirer de nombreuses espèces de chouettes et de hiboux. Thomas s'amusa à essayer de repérer ceux qui se cachaient. Puis, ils arrivèrent au bout de l'allée et y trouvèrent l'enclos des chats de Pallas.

— C'est vraiment des chats, Pierre ? s'étonna Thomas en voyant la tête d'un des félins.

— Oui, sourit Pierre.

— On dirait plutôt des singes.

Ils rirent tous les deux en regardant quelques instants supplémentaires ces félins qui ne se doutaient probablement pas qu'ils étaient la cause d'une telle hilarité. Puis, ils se dirigèrent à gauche pour voir les oryx, de grands animaux blancs aux longues cornes, qui se promenaient. Un peu plus loin, des kangourous et des émeus se reposaient à l'ombre des grands arbres. Et, caché sur la droite, se trouvait l'enclos des cabiais, de petits animaux qui semblaient à moitié marmottes.

Pierre était aux anges devant l'émerveillement de Thomas devant ces animaux aux noms et aux apparences si étranges. Il se serait presque cru dans un roman fantastique où le jeune héros rencontrait de nouvelles espèces, plus merveilleuses les unes que les autres.

Pierre et Thomas revinrent sur leurs pas afin de reprendre leur visite puis arrivèrent devant l'habitat des renards. Ils restèrent quelques minutes pour tenter de les voir, mais les petits canidés demeurèrent obstinément cachés, ne montrant qu'une oreille timide derrière un morceau d'arbre couché. Il en fut de même pour les ratons laveurs qui, bien que curieux, restèrent hors de vue.

Les dromadaires n'eurent pas la chance de pouvoir passer inaperçus, leur taille ne les aidant pas à trouver une cachette. Thomas rit en apercevant les autruches car l'une d'entre elles s'était fait plumer l'arrière-train. Pierre sourit en lui-même en repensant aux explications qu'une spécialiste leur avait donnée à Catherine et lui dans une réserve animalière consacrée aux espèces africaines sur la raison de ce plumage en règle…

Thomas était encore un petit peu trop jeune pour ce genre de détail…

— Pierre, c'est quoi ? demanda Thomas en lui montrant le grand bâtiment tout près.

— Ah ! C'est la Fauverie !

— La Fauverie ? répéta-t-il d'un ton plein de curiosité.

— On va entrer, tu vas vite comprendre.

Pierre emmena Thomas vers la bâtisse et, alors qu'ils passaient les larges portes, Thomas vit des panonceaux indiquant qu'il fallait y rester silencieux afin de ne surtout pas déranger les animaux. Il regarda l'écrivain et ils se sourirent en entrant à pas de loups, comme deux explorateurs se glissant dans une grotte et cherchant à ne pas réveiller le dragon qui y sommeillait.

Sur la droite, un gigantesque tableau représentant un tigre attirait le regard des visiteurs. Puis, Thomas retint une expression de surprise en voyant sur sa gauche un gigantesque félin au pelage mordoré et taché de noir. Ils s'approchèrent de la vitre et admirèrent la panthère qui se reposait contre celle-ci.

Dans l'enclos suivant se trouvait une énorme panthère des neiges qui, dès qu'elle vit des visiteurs s'approcher, descendit de son perchoir et fit des tonneaux sur le sol tout en regardant de temps en temps vers eux. Thomas rit en la voyant faire.

— On dirait un gros chat, dit-il.

— Ah ça… C'est un sacré matou, confirma Pierre.

— J'aimerais bien en avoir un comme ça.

— Ce serait génial de pouvoir cajoler un gros félin comme ça, c'est vrai. Mais ce sont des animaux sauvages. Il faut faire attention.

À côté il y avait une panthère de Chine du nord. Plus petite que sa cousine blanche, elle paraissait également plus calme. Le prédateur regarda un instant d'un œil morne les personnes qui l'observaient derrière la vitre avant d'aller se coucher derrière un petit tronc d'arbre. Juste après se trouvait l'espace de vie d'un puissant jaguar au pelage noir qui faisait les cent pas, attendant avec impatience que le personnel ait terminé de nettoyer les habitats extérieurs.

Le dernier enclos renfermait un félin plus petit et fin appelé caracal. Il était allongé sur le haut d'une branche, observant avec sérénité ce qu'il se passait derrière la vitre.

En quittant la Fauverie, ils arrivèrent de l'autre côté du bâtiment près de la Galerie d'élevage. Pierre emmena Thomas à l'intérieur et ils découvrirent des habitats reconstitués qui accueillaient plusieurs oiseaux tropicaux comme des toucans. À l'autre bout, des oisillons gambadaient derrière les vitres pendant qu'une employée du zoo examinait l'un d'entre eux pour vérifier que tout allait bien. Thomas s'extasia devant les petits oiseaux et regarda la soigneuse s'en occuper.

En sortant, ils découvrirent des volatiles plus grands appelés outardes puis des casoars que Thomas trouva magnifiques avec leur crête colorée. Ils repassèrent ensuite près de la Fauverie afin de vérifier si les félins étaient sortis, mais ils étaient toujours à l'intérieur. Ils poursuivirent donc leur visite en passant par l'enclos des chevaux de Przewalski. Thomas tenta en vain de prononcer ce nom et se contenta d'observer les équidés qu'il trouva très mignons. Ils se rendirent ensuite dans la Singerie et purent y admirer de nombreuses espèces de singes dont les incroyables orangs-outans, tantôt gros dormeurs, tantôt grands joueurs. Les primates étaient bien plus vivaces que les félins et le petit garçon s'amusa grandement à les observer s'épouiller ou sauter parmi les branches et les cordages placés dans leurs habitats afin qu'ils puissent faire de l'exercice.

En quittant cette zone, Pierre et Thomas passèrent devant des animaux étranges appelés takins. Ils étaient assez calmes et ils poursuivirent leur avancée pour découvrir les nilgauts et les gorals. Puis, un peu plus loin se trouvaient des chèvres des Rocheuses, suivies des markhors et des bharals. Ils arrivèrent ensuite entre deux larges rangées de cages à oiseaux et virent plusieurs espèces de vautours et de perroquets bien plus colorés et bruyants.

Puis, ce fut la Galerie des Reptiles. En entrant, ils virent un habitat pour des tortues. Ils passèrent dans une pièce bien plus grande où se trouvait la majorité des reptiles de la ménagerie. Sur leur gauche, deux immenses enclos renfermaient des crocodiles. Les prédateurs restaient immobiles, gueules ouvertes, à moitié en dehors de l'eau. À leur droite, de nombreux vivariums étaient remplis de serpents et de lézards.

Ils traversèrent cette salle en admirant les créatures immobiles et arrivèrent dans une seconde pièce où se trouvaient des arbres. Accrochés à des branches ils aperçurent des paresseux qui se mouvaient avec une lenteur presque excessive. Thomas rit en les voyant avant qu'un autre mouvement lent en contrebas n'attire son jeune regard affuté. De sa démarche pataude, sa langue sortant de temps en temps d'entre ses mâchoires, un varan avançait afin d'aller s'allonger dans un coin. Thomas le regarda un moment avec un grand intérêt, jusqu'à ce qu'il ait cessé de bouger.

La pièce suivante, un peu plus sombre, renfermait d'autres vivariums emplis d'immenses serpents. Ils se retrouvèrent enfin de nouveau dans la pièce par laquelle ils étaient arrivés et jetèrent un coup d'œil aux tortues avant de ressortir.

En retournant à l'extérieur, Pierre et Thomas passèrent devant les cages des majestueux ibis rouges mais aussi d'un petit animal nommé potoroo et accompagné de chèvres. Puis ils entrèrent à l'intérieur du vivarium qui accueillait toutes sortes d'animaux étranges, aux formes et couleurs plus que variées : axolotl, grenouilles jaunes, vertes, bleues, araignées, serpents et autres crabes orange.

En ressortant, ils admirèrent la volée de flamants roses qui se rafraîchissait dans un point d'eau, si magnifiques avec leur couleur vive. Plus loin se trouvaient des bouquetins ainsi que d'autres gros animaux comme les gaurs et les anoas qui partageaient le même enclos. Ils aperçurent également des daims à la ramure magnifique et des arcals.

Sur sa droite, Thomas vit un petit animal roux et blanc qui se baladait entre les branches d'un arbre. Pierre sourit, ravi de constater que les pandas roux étaient réveillés. Ils admirèrent la boule de poils se balader puis se sustenter pendant que son compagnon se reposait sur une plateforme en bois. Juste à côté se trouvaient des binturongs, mais ils étaient allongés dans des cabanons et se reposaient, empêchant ainsi de voir à quoi ils ressemblaient.

Pierre et Thomas achevèrent leur visite du zoo en faisant le tour de l'enclos des gaurs afin de se diriger vers la grande volière où ils purent entrer. Ils y admirèrent plusieurs espèces de canards et d'oiseaux évoluant en semi-liberté.

Lorsqu'ils quittèrent enfin la Ménagerie, Pierre regarda sa montre et constata que le temps avait bien avancé. Il était déjà 13 heures.

L'écrivain proposa à Thomas de déjeuner. Ils se rendirent à un petit stand où ils prirent chacun un hot-dog, un paquet de chips et une bouteille de soda. Ils s'installèrent sur un banc au soleil pour profiter du beau temps tout en mangeant et en discutant de ce qu'ils venaient de voir. Lorsqu'ils eurent terminé leurs chips, ils retournèrent au stand pour s'acheter des glaces et des bouteilles d'eau en guise de dessert avant de reprendre leur promenade.

— On va faire quoi maintenant, Pierre ?

— On va aller voir la Galerie de paléontologie.

— C'est quoi ?

— Ah, tu vas voir… Je suis sûr que ça va te plaire.

Ils se dirigèrent sur la gauche de l'entrée et arrivèrent devant un imposant bâtiment en briques rouges devant lequel se trouvaient des sculptures d'animaux préhistoriques dont celle d'un mammouth. Accroché à la porte d'entrée, un panonceau indiquait que les visiteurs sensibles à la chaleur devaient faire attention car le musée n'était pas climatisé. Ils firent la queue à l'intérieur en admirant une gigantesque représentation d'un homme se faisant tuer par un grand singe après l'avoir blessé. Elle était impressionnante de réalisme et comportait de nombreux détails, tel un escargot observant la scène et que Pierre trouvait assez amusant.

60

Après avoir pris leurs billets, ils entrèrent dans la première salle et Thomas ne put contenir des expressions d'étonnement en découvrant tous les squelettes d'animaux qui composaient la galerie et la troublante statue d'homme écorché accueillant les visiteurs avant qu'ils ne commencent leur parcours.

Thomas eut bien du mal à savoir où donner de la tête. Il y avait des squelettes partout : au centre de la salle, le long des murs, quasiment jusqu'au plafond… Les nombreuses vitrines montraient les ossements de plusieurs animaux en les comparant avec leur anatomie, d'autres montraient aussi des oiseaux ou des souris en mouvement grâce à plusieurs corps mis côte à côte. Juste au-dessus se trouvaient encore d'autres espèces. Lorsqu'ils arrivèrent au niveau d'une girafe, Thomas leva la tête pour l'observer dans son intégralité, émerveillé.

Les étagères suivantes présentaient des organes d'animaux et Thomas s'en désintéressa rapidement, absorbé par son observation des squelettes de crocodiles. Au bout de la galerie, ils découvrirent de minuscules ossements qui ressemblaient à ceux d'humains. Pierre expliqua à Thomas qu'il s'agissait de fœtus, des bébés lorsqu'ils se trouvaient encore dans le ventre de leur maman.

— Mais Pierre, comment ils ont fait pour avoir ces squelettes ? Ils les ont tués ? s'inquiéta le petit garçon.

— Non, le rassura l'écrivain. Ils ne les ont pas tués, ne t'en fais pas. C'étaient des bébés qui sont malheureusement morts avant de naître. Donc, ils n'ont pas souffert.

— Ah, d'accord… Et les animaux, c'est pareil ? Ils étaient déjà morts quand ils les ont trouvés ?

— Oui, mentit légèrement Pierre.

Beaucoup d'animaux exposés étaient probablement les résultats de chasses anciennes, mais l'enfant sembla rassuré de savoir qu'ils n'avaient pas souffert et Pierre préféra lui laisser penser cela pour qu'il continue d'apprécier sa visite.

Pierre et Thomas continuèrent leur avancée et découvrirent le squelette d'une immense baleine. Thomas fut impressionné par les longs fanons qui formaient sa dentition.

— Ça lui permet de filtrer l'eau pour attraper ce dont elle a besoin pour manger, expliqua Pierre.

Ils terminèrent la galerie avant de revenir en arrière pour monter à l'étage supérieur. Pierre sourit, se rappelant les merveilles qui les attendaient. Thomas allait certainement adorer.

Ils s'arrêtèrent d'abord entre les deux étages pour admirer les squelettes en hauteur. La perspective différente rendait les animaux encore plus impressionnants. Enfin, ils arrivèrent au premier étage.

Ils y découvrirent cette fois des animaux préhistoriques et des dinosaures. Thomas fut aussitôt subjugué par les restes de ces créatures gigantesques. Mais celui qui l'impressionnait le plus était le diplodocus qui se dressait dans une grande partie du hall. Sa queue partiellement repliée et son cou allongé en parallèle du sol montraient la taille incroyable de cet animal. Quelques autres spécimens admirables étaient également présentés dont ceux de grands carnivores.

Lorsqu'ils eurent terminé de faire le tour de la pièce, ils se rendirent au dernier étage consacré aux minéraux et fossiles. Celui-ci se trouvant sous les toits, la chaleur y était bien plus importante. Pierre croisa les doigts pour que Thomas soit tout de même en mesure de terminer la visite dans de bonnes conditions. Mais ce dernier se désintéressa rapidement des roches et regarda depuis les hautes rambardes les squelettes de dinosaures qu'il pouvait contempler depuis une autre perspective, sans sembler incommodé par la chaleur.

Quelques minutes plus tard, ils redescendaient par un autre escalier et arrivèrent enfin à la boutique à souvenirs. Pierre y emmena Thomas et, après quelques minutes d'intense observation, celui-ci se décida pour un livre dans lequel il pourrait revoir tous les squelettes qu'il avait aimés.

Lorsqu'ils quittèrent le musée, la chaleur était encore plus forte qu'à l'intérieur malgré une légère brise qui venait rafraîchir l'air. Pierre emmena Thomas un peu plus loin et ils firent la queue devant la roulotte d'un vendeur de glaces. Ils choisirent tous les deux un cornet avec deux boules, à la vanille et au chocolat, puis s'assirent sur l'un des rares bancs vides pour manger avec une grande satisfaction la crème glacée et admirer les plantes.

Thomas avait été littéralement fasciné par les squelettes de dinosaures et il ne cessait plus d'en parler. Pierre était véritablement heureux d'avoir à nouveau réussi à lui faire passer un excellent moment. Il avait presque l'impression que la longue semaine en solitaire qui venait de s'écouler n'avait pas existé.

C'était comme si Thomas n'était jamais parti de chez lui…

— Les autres enfants… ils disaient que tu viendrais pas.

Pierre se tourna vers Thomas qui regardait sa glace à moitié terminée. Il remarqua ses petits doigts trembler légèrement et sentit aussitôt l'inquiétude monter en lui.

— Je leur avais dit que tu m'avais promis de venir tous les dimanches. Et que tu viendrais ! Mais ils disaient tous que tu viendrais pas et que tu avais juste dit ça pour que je revienne à l'orphelinat et que je te laisse tranquille.

— Et je suis venu, dit Pierre doucement. J'ai tenu parole.

Thomas acquiesça en silence et croqua un morceau de son cornet. Pierre vit alors ses yeux se remplir de larmes au fur et à mesure que sa gaufrette rétrécissait et, pour la première fois, il n'hésita pas. L'auteur s'agenouilla devant l'enfant et le serra tendrement dans ses bras, sentant ceux de Thomas entourer son cou avec force, ses larmes coulant sur sa gorge.

Ce fut à cet instant précis, alors qu'il enlaçait ce petit être tremblant contre lui, que Pierre comprit réellement ce que sa venue avait pu signifier pour Thomas… L'espoir de retrouver ses parents en échappant à la vigilance de leur accompagnateur avait volé en éclat lorsque Véronique Alliam était venue le chercher et qu'il avait appris la triste vérité. Il ne lui était alors plus resté qu'un unique espoir : voir Pierre tenir sa promesse de venir lui rendre visite…

Un espoir simple, bien qu'un peu fou peut-être, et pourtant tellement important pour un enfant…

Qu'un adulte tienne sa promesse.

Tout simplement.

— Je suis venu, comme je te l'avais promis.

— Oui, sanglota le petit garçon. Et j'étais sûr que tu allais venir. Parce que tu m'as jamais menti.

Pierre sentait toujours le petit corps trembler contre le sien et il murmura des mots de réconfort tout en caressant doucement les cheveux de Thomas.

Il resta quelques minutes supplémentaires dans les bras de Pierre, jusqu'à ce que ses larmes de soulagement se tarissent. Puis, il se détacha et essuya ses joues avec le dos de sa main. Pierre releva son visage et lui sourit tendrement.

Celui de Thomas s'éclaira à son tour d'un grand sourire.

— Ça va mieux ? demanda Pierre.

— Oui. Je suis content.

— Tant mieux. Parce que j'ai bien l'intention de venir aussi dimanche prochain et le dimanche d'après et tous les autres dimanches.

— Comme ça, ils verront que j'ai raison !

— Oui. Et dis-moi, que penserais-tu d'une deuxième glace pour finir de te consoler ?

Thomas acquiesça d'un grand signe de tête et ils retournèrent au stand de gourmandises. Lorsqu'ils eurent fini, Thomas était redevenu le jovial petit garçon que Pierre avait accueilli chez lui.

Ils reprirent la route de l'orphelinat, main dans la main.

61

— Alors, est-ce tu t'es bien amusé aujourd'hui, Thomas ? demanda Véronique Alliam en les accueillant à leur retour un peu avant 17 heures.

— Oh oui !

— Bien. Alors, il est temps d'aller prendre ton bain.

Thomas se tourna vers Pierre et l'écrivain le serra dans ses bras afin de lui dire au revoir, puis l'enfant se dirigea vers la salle de bains. Au détour d'un couloir, il se retourna et lança :

— À dimanche prochain, Pierre !

— À dimanche ! répondit Pierre en levant la main pour lui faire signe.

Conservant un grand sourire, Thomas disparut de sa vue, mais cette fois-ci, Pierre ne se sentit pas triste. Une nouvelle résolution s'était faite en lui – depuis l'instant où le petit garçon lui avait sauté dans les bras à son arrivée le matin même – qui n'avait fait que se renforcer tout au long de la journée.

— Il est ravi, dit la directrice. Merci de lui avoir fait passer une si bonne journée.

— Comment dois-je procéder ? demanda Pierre sans quitter des yeux le couloir où Thomas avait disparu.

— Procéder ? répéta la directrice.

— Pour l'adopter, dit-il en tournant le visage vers elle.

62

Véronique Alliam regarda Pierre un long moment dans un curieux silence, semblant jauger sa sincérité. Pierre sentait les yeux de la standardiste se poser alternativement sur lui et sur la directrice.

— Vous êtes certain de votre choix ? Ce n'est pas une décision que l'on prend à la légère, sur un coup de tête.

— Je suis sûr de moi.

— Dans ce cas, si vous avez un peu de temps devant vous, nous pouvons aller en discuter dans mon bureau.

Pierre accepta et la directrice l'invita à la suivre. Pendant un petit peu plus d'une heure, elle lui expliqua les démarches à suivre et lui donna les premiers documents à remplir.

— Vous voulez en parler à Thomas ? proposa-t-elle.

— Non. Je préfère attendre que toutes les formalités soient remplies… On ne sait jamais… Je ne voudrais pas qu'il soit déçu si quelqu'un décide que je ne suis pas apte à l'adopter.

— Je comprends.

— Est-ce que je peux vous poser une dernière question sur Thomas ?

— Bien sûr.

— Quelle est sa date d'anniversaire ?

Véronique Alliam sourit.

— Si tout se passe comme prévu, Thomas devrait fêter son prochain anniversaire sous votre toit. Il est né le 6 mai, il y a cinq ans.

Pierre sentit son cœur manquer un battement en apprenant la date d'anniversaire de son futur fils. Sa surprise dut se lire sur son visage car Véronique Alliam sembla soudain quelque peu inquiète.

— Est-ce que vous allez bien, Monsieur Melet ?

— Oui… Oui, ça va, se reprit-il.

— Rassurez-moi, vous n'êtes pas du genre à accorder de l'importance à la date de naissance de l'enfant que vous voulez adopter ?

— Non, non, pas du tout… La date de naissance de Thomas ne me dérange pas le moins du monde, ne vous inquiétez pas.

— Bien. Parce que certains futurs parents agissent parfois de manière totalement irrationnelle et ne veulent pas d'un enfant né à telle ou telle date à cause de son signe astrologique.

— Non, je ne suis pas ce genre de personne. Je veux adopter Thomas. Peu importe sa date de naissance, sourit Pierre.

— Dans ce cas, c'est parfait.

Lorsque Pierre s'assit de nouveau dans sa voiture quelques minutes plus tard, il resta un instant immobile après avoir refermé sa portière.

Thomas était né le 6 mai.

Cinq ans plus tôt…

Thomas était venu au monde le jour exact où Zach l'avait quitté…

C'était comme si la vie lui donnait enfin la permission de reprendre son cours là où il s'était arrêté. Un signe qu'il avait le droit de vivre après le véritable enfer qu'il avait vécu. Une petite voix sembla alors lui murmurer que sa rencontre avec Thomas n'était peut-être pas si fortuite qu'elle lui avait paru au début. Ils s'étaient trouvés au moment même où ils avaient le plus besoin l'un de l'autre.

Thomas avait besoin de la chaleur d'un père et d'une mère pour grandir et s'épanouir.

Pierre avait besoin de quelqu'un pour l'aider à se reconstruire et à revoir la lumière du jour.

Ils avaient tous deux besoin de quelqu'un sur qui compter, de quelqu'un capable d'ensoleiller à nouveau leur quotidien.

Pierre sourit en mettant le contact.

Oui.

Thomas et lui seraient heureux ensemble.

Dix mois plus tard…

63

Au cours des mois qui suivirent, Pierre ne manqua pas une fois à sa promesse d'aller voir Thomas le dimanche. Et à chacune de leurs retrouvailles, l'enfant rayonnait littéralement de joie et semblait de plus en plus heureux, racontant à l'écrivain ses semaines à l'école.

Véronique Alliam avait appelé Pierre en début de semaine pour l'informer que Thomas n'aurait pas d'école le vendredi 6 mai. Son institutrice était malade et aucun remplaçant ne serait disponible à cette date. Les enfants de sa classe devraient rester chez eux, profitant ainsi d'un week-end anticipé.

Et ce n'était pas la seule bonne nouvelle qu'elle avait pour lui. Les papiers d'adoption étaient enfin prêts. Pierre pouvait donc venir chercher Thomas quand il le voulait.

Pierre avait rapidement décidé de faire la double surprise à Thomas le jour de son anniversaire : aller le voir et lui annoncer son adoption.

Dans le même temps, Pierre avait achevé le premier tome de son nouveau roman. Son éditeur s'était extasié en recevant le tapuscrit de trois cents pages. Et il avait été comblé lorsque Pierre lui avait annoncé être d'ores et déjà en train de travailler sur un second tome.

Pierre allait commencer sa nouvelle vie.

Alors, ce jeudi-là, pour la première fois depuis cinq ans, il se rendit au cimetière où son épouse et son fils étaient enterrés. L'écrivain déambula lentement dans les allées et retrouva rapidement le lieu où les deux êtres qu'il avait autrefois aimés étaient allongés pour toujours.

Il n'était venu qu'après sa sortie de l'hôpital et était resté une heure, prostré devant la tombe, à pleurer toutes les larmes de son corps. Puis un gardien avait tant bien que mal réussi à le convaincre de rentrer chez lui et de se reposer.

Il n'était jamais revenu depuis.

Il ne voulait pas voir ce morceau de marbre si froid qui recouvrait le corps de sa femme et de son fils alors qu'il n'avait même pas pu leur dire « au revoir ». Mais aujourd'hui, c'était différent.

Pierre s'accroupit devant la pierre tombale et resta silencieux un moment après avoir déposé des fleurs.

— Je suis désolé de ne pas être revenu plus tôt, dit-il doucement. Je n'en avais pas la force avant aujourd'hui… Je n'ai pas cessé de me demander pourquoi j'étais resté en vie, alors que vous étiez partis tous les deux. Et… je m'en suis voulu… Tellement…

Pierre se sentit quelque peu ridicule de parler ainsi dans le vide. Même s'il ne croyait plus en Dieu depuis longtemps, il espérait malgré tout que, quelque part, son épouse et son fils l'entendraient.

— Il n'y avait aucune raison à tout ça… Mais aujourd'hui, quelqu'un d'autre me raccroche à la vie. Et j'y ai repris goût. C'est un petit garçon qui s'appelle Thomas qui m'a aidé à revivre. Il est comme moi, il n'a personne d'autre. Lui aussi a perdu toute sa famille dans un accident de voiture… Demain, j'irai le chercher pour l'adopter. Je ne vous oublierai pas, tous les deux. Jamais. Je vous aimerai toujours.

Pierre se releva lentement puis déposa un baiser sur le haut de la stèle. Le même genre de baiser que l'on donne à un enfant qui dormirait, afin de lui souhaiter une bonne nuit sans le réveiller.

Mais alors qu'il relevait la tête, il vit, un peu plus loin sous un arbre, la silhouette d'une femme et d'un petit garçon qui le regardaient en souriant doucement. L'enfant leva une main et la secoua comme pour dire « au revoir ». La femme amena sa main à ses lèvres et la tendit vers lui, semblant lui envoyer un baiser…

Pierre ferma les yeux et secoua la tête.

Ce qu'il était en train de voir était impossible.

Lorsqu'il regarda à nouveau vers les deux personnes, elles avaient disparu.

Pierre se dirigea en direction de l'arbre et observa le sol à l'endroit où elles s'étaient trouvées. Il n'y avait rien. Aucune trace prouvant que quelqu'un était passé à cet endroit.

Il avait sûrement rêvé. Catherine et Zach ne pouvaient pas s'être trouvés là à cet instant.

Pourtant, Pierre ne put s'empêcher de repenser à toutes les fois où il s'était senti observé dans son bureau ou la chambre d'enfant. Thomas lui avait après tout dit que son ami imaginaire se prénommait Zach. Il avait eu l'impression de sentir la présence de sa femme…

Pierre s'adossa au tronc un moment et ferma les yeux pour respirer profondément.

Était-il possible que sa femme et son fils aient réellement veillé sur lui tout ce temps ? Étaient-ils donc restés à ses côtés pour s'assurer qu'il remonterait la pente ?

Pierre n'aurait jamais de réponse à cette question, il le savait. Il ne servait à rien de se torturer l'esprit. Si Catherine et Zach étaient restés auprès de lui au cours de ces dernières années, aujourd'hui il en était certain, ils avaient pu trouver le repos, enfin…

Grâce à Thomas.

Avec le sourire et le cœur léger, Pierre quitta le cimetière et rentra chez lui pour y passer une dernière nuit seul.

64

Le lendemain matin, Pierre se rendit à l'orphelinat.

Il se sentait incroyablement excité, un peu comme un enfant qui s'apprête à découvrir ses paquets au pied du sapin de Noël. Et en même temps, il était terriblement inquiet…

Thomas serait-il heureux de devenir son fils ? Ou aurait-il préféré que Pierre lui en parle avant de prendre une décision ?

L'écrivain respira profondément. Il devait se détendre. Le petit garçon semblait toujours heureux lorsqu'il venait le voir, toujours déçu de devoir le quitter…

Il avait pris la bonne décision.

Quand Pierre arriva, Véronique Alliam l'accueillit avec un grand sourire.

— Je n'ai rien dit à Thomas de votre venue. J'ai pensé que vous aimeriez lui faire la surprise.

— Oui, confirma Pierre.

— Vous comptez lui dire tout de suite ?

— Je vais l'emmener se promener, comme nous en avons l'habitude. Nous lui dirons lorsque nous serons de retour.

— Comme vous voudrez.

La directrice le conduisit jusqu'à la salle de jeux et lorsque Thomas aperçut Pierre, il se releva d'un bond puis se précipita vers lui avec un grand sourire.

— Pierre ! J'étais sûr que tu viendrais !

— Ah oui ? rit Pierre en le soulevant de terre.

— Oui ! J'en ai rêvé cette nuit !

— Mais dis-moi… Tu n'aurais pas perdu une dent ?

Thomas fit un immense sourire et Pierre remarqua le petit trou qui s'était formé au milieu de la rangée supérieure.

— Ah ! Je savais bien que j'avais remarqué quelque chose de différent !

— On va aller se promener aujourd'hui ?

— Madame Alliam m'a donné son autorisation, alors oui.

— Super !

Les deux adultes rirent devant la joie du petit garçon puis, l'écrivain emmena l'enfant se promener comme ils en avaient pris l'habitude.

65

Il était environ 17 heures quand Pierre et Thomas revinrent à l'orphelinat après avoir passé leur journée à se promener au Jardin des Plantes. Pour son anniversaire, Thomas avait eu la chance de pouvoir caresser une panthère des neiges endormie à l'infirmerie. L'animal devait être opéré un peu plus tard et, grâce à une de ses nouvelles rencontres, Pierre avait pu obtenir de le voir.

L'enfant avait été ému de pouvoir l'approcher et il avait un instant posé sa tête sur la puissante poitrine qui se soulevait lentement sous la respiration profonde du grand félin.

— Alors, Thomas, est-ce que tu t'es bien amusé ? demanda Véronique Alliam lorsqu'ils arrivèrent.

— Oh oui !

Thomas lui raconta par le menu sa rencontre avec le fauve endormi et la directrice ne put retenir un sourire de bonheur. Elle croisa enfin le regard de Pierre qui fit un léger signe de tête pour lui dire que c'était le moment.

— Je suis très contente que tu aies passé une belle journée, Thomas. Bon, et maintenant, si tu allais préparer tes affaires ?

— Préparer mes affaires ? s'étonna-t-il, son sourire disparaissant, remplacé par l'incompréhension la plus totale et une légère inquiétude. Pourquoi ?

Pierre s'accroupit et Thomas se tourna vers lui. Pendant un instant, ses peurs quant à la réaction de Thomas l'envahirent à nouveau. Il se força mentalement à se calmer en prenant doucement les mains de l'enfant dans les siennes.

Il sentait le regard de Véronique Alliam peser sur lui… Se doutait-elle de ce qui lui traversait l'esprit ?

— Te souviens-tu lorsque tu m'as dit que tu pourrais rester avec moi et faire comme si tu étais mon fils ?

— Oui, je me souviens, dit Thomas avec un signe de tête.

— Est-ce que tu en as toujours envie ? Est-ce que tu voudrais vraiment devenir mon fils ?

— Tu veux bien devenir mon papa, alors ?

— Les papiers de ton adoption sont tous remplis, confirma Pierre. Est-ce que tu veux rentrer à la maison avec moi ?

— Oui ! s'exclama Thomas en se jetant à son cou.

Pierre enlaça fort Thomas qui le lui rendit bien, soulagé et ils restèrent un petit moment silencieux, Thomas pleurant de joie dans ses bras. Puis, ils préparèrent les affaires de l'enfant avant de quitter l'orphelinat sous le regard brillant de bonheur de la directrice et des autres pensionnaires qui rentraient tout juste de l'école.

Pierre et Thomas arrivèrent à Senlis une heure plus tard et parcoururent l'allée jusqu'à la porte de la maison sous le regard doux et protecteur de la cigogne sculptée sur le toit, l'un et l'autre comblés de s'être retrouvés.

L'écrivain sortit du réfrigérateur une forêt noire qu'il avait commandée, à la fois afin de fêter l'anniversaire de son fils et son retour chez eux.

Ce jour-là, dans toutes les librairies de France, le nouveau roman de Pierre avait débuté son propre chemin dans le cœur de ses jeunes lecteurs. Le livre *Les Aventures du Petit Chevalier* avait attiré l'attention et était parti comme des petits pains en ce premier jour de commercialisation.

Sur la page de garde, avant que le lecteur commence à découvrir l’histoire de l’apprenti chevalier qui portait le prénom du fils de l’auteur, il pouvait lire ces quelques mots :

Pour Thomas, qui m’a redonné l’inspiration et la joie de vivre.

On pouvait sentir que cette histoire avait été écrite avec le cœur. Et il n’y a pas de plus bel écrit.

Un an plus tard…

Pierre avait acheté deux imposantes glaces que Thomas et lui dégustaient avec force précautions sous la chaleur du mois de juillet, en se promenant autour des étangs de Commelles.

Tout leur souriait.

L'écrivain avait tout juste achevé le second tome des *Aventures du Petit Chevalier* et celui-ci devait paraître d'ici la fin de l'année. Le petit garçon s'était parfaitement bien habitué à sa nouvelle école et s'était très vite fait des amis. Chaque midi et soir, lorsque Pierre venait le récupérer, il racontait à son père tout ce qu'il s'était passé.

Jamais Pierre n'aurait pensé pouvoir être de nouveau aussi heureux.

Pierre et Thomas avaient presque terminé leur balade hebdomadaire et s'apprêtaient à retourner à la voiture lorsque des cris retentirent derrière eux.

— ATTENTION ! Rony ! Reviens ici !

Ils se retournèrent et eurent tout juste le temps de voir un gigantesque dogue allemand au pelage gris-bleu se précipiter vers eux avant que Pierre ne soit plaqué au sol par le puissant animal. Le chien se mit à le lécher abondamment alors qu'il tentait de repousser ses assauts de gentillesse en rigolant.

Thomas ne pouvait s'empêcher de rire alors qu'une femme d'une petite trentaine d'années arrivait en courant, essoufflée, afin de tirer le chien en arrière et de permettre à Pierre de se redresser. Lorsque l'animal sentit sa maîtresse auprès de lui, il recula et s'assit, la regardant avec une de ces expressions indescriptibles.

— Je suis vraiment désolée, dit-elle, visiblement gênée.

— Ce n'est rien, sourit Pierre, se remettant sur ses jambes et en la regardant.

— Je ne sais pas du tout ce qui lui a pris… Il ne se comporte jamais comme ça… On a débouché du sous-bois et dès qu'il vous a vus, il m'a arraché la laisse des mains et s'est mis à courir comme un dératé…

Pierre resta silencieux, incapable de se retenir de sourire.

La gêne et la course donnaient une jolie couleur rose aux joues de la femme qui se trouvait près de lui. Elle était fine, avec de longs cheveux auburn et des yeux bleus. Elle ne semblait pas porter de maquillage et était simplement vêtue d'un simple T-shirt, d'un jean et d'une paire de tennis.

Il fallut que Thomas donne discrètement un petit coup de pied à Pierre pour que celui-ci se rende compte qu'il dévisageait la fine propriétaire de l'immense chien en silence depuis un peu plus longtemps que nécessaire.

— Il n'y a pas de mal, assura-t-il enfin en caressant la tête du chien qui sembla apprécier cette nouvelle attention. Je n'ai rien de cassé et en plus, grâce à… Rony, je n'aurai même pas besoin de prendre une douche ce soir.

Ils rirent tous les trois et Rony lança un aboiement sonore pour participer à la liesse générale.

— Je m'appelle Pierre, dit-il en tendant la main. Et voici mon fils, Thomas.

— Bonjour ! s'exclama Thomas avec un grand sourire.

— Enchantée, Pierre. Et ravie de te connaître également, Thomas, dit-elle en serrant les deux mains l'une après l'autre. Je m'appelle Juliette. Et je crois bien que je n'ai pas besoin de vous présenter Rony.

Ils parlèrent pendant près d'une demi-heure avant que Juliette ne prenne congé. Ils échangèrent leurs adresses e-mails et se quittèrent en souriant.

Pierre et Juliette se revirent la semaine suivante et environ un an plus tard, Thomas avait également trouvé une maman.

Fin

Remerciements

Et voilà, vous venez de terminer mon premier roman, mais ce n'est pas le dernier, je peux vous l'assurer ! J'espère sincèrement que vous avez pris autant de plaisir au fil de ces pages que j'en ai pris à l'écriture de chaque mot. Ce livre n'aurait pas vu le jour sans toutes les personnes qui ont pu m'entourer depuis que j'en ai commencé la rédaction. Je souhaite donc, sur ces dernières lignes, leur rendre hommage.

Merci à :

Lydie, une amie rencontrée sur Internet et grâce à qui cette histoire est née, lorsqu'elle m'a parlé du concours pour lequel je l'ai créée en 2006.

Nicole Garnier, la Conservatrice en Chef du Patrimoine et Chargée du Musée Condé qui m'a renseigné sur l'histoire de Psyché, conte qui m'avait fortement marquée lorsque j'étais moi-même une petite fille, à peine plus âgée que Thomas.

Mes parents, mes frères et ma famille pour leurs encouragements à suivre la voie de l'écriture depuis que j'ai 12 ans.

Mes amis, pour leur bonne humeur et leur soutien.

Olivier Barde-Cabuçon, mon premier ami auteur et grand frère de plume, pour ses conseils avisés.

Merci à Marion Leblanc pour l'illustration que vous pouvez admirer sur cette couverture et qui est le parfait reflet de mon roman depuis 2014.

N'hésitez pas à aller découvrir son univers sur :

http://desanchois.blogspot.com/

Et enfin, merci à vous qui avez acheté ce livre et l'avez lu. N'hésitez pas à me donner votre avis sur la toile. Je suis joignable sur les réseaux sociaux, mon blog et par courriel :

Blog : http://melanie-lemaire.kazeo.com/
Courriel : melanielemaireromanciere@gmail.com
Facebook : officielmelanielemaire
X (Twitter) : @LemaireMelanie
Instagram : @melanielemaireauteureofficiel

Et si vous souhaitez découvrir mes autres romans, je vous invite à vous rendre sur ma boutique en ligne à cette adresse :

https://melanie-lemaire.sumupstore.com

Vous pourrez même y demander une dédicace !

À très bientôt pour de nouvelles histoires !

SOMMAIRE

Achevé d'imprimer
sur les presses
de l'imprimerie

MONDIAL *Livre*

www.mondial-livre.com
04 66 29 70 86

Fabriqué en France

Dépôt légal : février 2024